Der Tod im Wald

Der Autor

Henry Gerhard (Jahrgang 1961) absolvierte nach dem Abitur am Viechtacher Dominicus-von-Linprun-Gymnasium bei der Bundeswehr eine Ausbildung zum Infanterieoffizier. Nach mehreren Verwendungen bei spezialisierten Kräften, u. a. als Ausbilder von Einzelkämpfern sowie Offizieranwärtern der Fallschirmjägertruppe, wechselte er nach einem Einsatz in Afghanistan das Metier. Ab 2006 hat Henry Gerhard sich u. a. als Dozent und Fachbuchautor für Personalmanagement an einer Ausbildungseinrichtung eines weltweit operierenden, deutschen Unternehmens der Sicherheitsbranche einen Namen gemacht. Zurzeit berät er ein designiertes NATO-/EU-Militärhauptquartier in Angelegenheiten des Wehrrechts und der Inneren Führung.
Er lebt mit seiner Familie in Süddeutschland.

Sein Debüt als Schriftsteller gab Henry Gerhard 2008.

Bisher sind von ihm bei Books on Demand GmbH, Norderstedt, erschienen:

© 2008 „Schüsse an der Heimatfront" (Politthriller)
ISBN 978-3-8370-4413-3

© 2009 „Zusatzzahl dreizehn" (Kriminalroman)
ISBN 978-3-8370-2045-8

© 2010 „Tabula rasa" (Kriminalroman)
ISBN 978-3-8370-2470-8

© 2011 „Keine Tapas an der Jagst" (Kriminalroman)
ISBN: 978-3-8423-6318-2

Henry Gerhard

Der Tod im Wald

Die Charaktere und die Handlung in diesem Kriminalroman sind frei erfunden. Ähnlichkeiten mit real existierenden Personen sind rein zufällig und vom Autor nicht beabsichtigt.
Die Stadt Viechtach und das Dominicus-von-Linprun-Gymnasium gibt es natürlich.

Bibliografische Information der Deutschen Nationalbibliothek:
Die Deutsche Nationalbibliothek verzeichnet diese Publikati-
on in der Deutschen Nationalbibliografie; detaillierte bibliografische Daten sind im Internet über http:\\dnb.d-nb.de
abrufbar.

© 2013 Henry Gerhard

Herstellung und Verlag: BoD - Books on Demand, Norderstedt

ISBN: 978-3-8482-6732-3

1 Großer Falkenstein (Sommer 2011)

Mit geschmeidigen Bewegungen durchstreifte das Luchsweibchen sein Revier auf der Suche nach Nahrung für seine kleine Familie. Vor acht Tagen hatte es zuletzt ein einjähriges Reh erbeutet, welches das weitere Überleben zwar sicherte, in dem endlosen Kreislauf der Wildnis, dem Fressen und Gefressenwerden, aber nur eine kleine Episode darstellte. Die Vollmondnacht war ideal für diese Zwecke. Die Luchsaugen waren perfekt an eine Nachtjagd angepasst, ganz im Gegenteil zu den Lichtern mancher bevorzugter Beutetiere. Darüber dachte das Luchsweibchen aber nicht nach, sondern folgte dem Instinkt, der es durch sein Revier an den Hängen des Großen Falkensteins führte. Ende Juni war der Tisch zum Glück reich gedeckt, aber ein Jagderfolg fiel auch einer erfahrenen Beutegreiferin nicht so ohne weiteres in den Schoß.

Ihre Pinselohren bewegten sich aufgeregt hin und her, um jeden noch so kleinen akustischen Hinweis auf etwas Fressbares aufzunehmen. Heute war ihr das Jagdglück offenbar wieder hold. Auf der kleinen Waldlichtung ästen drei Rehe, die neben Rothirschkälbern, kleinen Wildschweinen, Füchsen und Feldhasen zu ihrer Lieblingsbeute zählten, wenn sie sich das hätte aussuchen können. Abwechselnd hatte eines der Drei seinen Kopf erhoben, um die Umgebung im Auge zu behalten, damit die beiden Anderen in Ruhe fressen konnten. Die Ruhe war aber trügerisch. Gegen die milde Brise des leichten Nachtwinds näherte sich das Luchsweibchen auf seinen breiten, samtigen Pfoten, ohne dabei überflüssige Geräusche zu verursachen. Wenige Meter lagen nun noch zwischen Jägerin und potenzieller Beute. Die Luchsin hatte ihre Wahl schon getroffen. Blitzartig beschleunigte sie ihre Bewegungen und packte das junge Reh, bevor die drei Bambis die Situation erkennen konnten. Nur zweien gelang die hastige Flucht, die diesen das Leben rettete. Mit ihren spitzen Zähnen durchbohrte das Luchsweibchen das Fell an der Kehle seines Opfers und hielt es fest, bis das Leben aus dem Rehkörper gewichen war. Es lag kein Triumph in den Augen der Jägerin, als sie damit noch einmal ihre Umgebung absuchte, bevor sie die Beute in ein sicheres Versteck bringen würde. Das tote Reh war etwas schwerer als das Luchsweibchen selbst. Trotzdem hatte es keine Schwierigkeiten damit, den Rehkadaver in ein angrenzendes Dickicht zu zerren. Immer wieder hielt die Luchsin kurz inne, um nicht doch noch auf der Zielgeraden ihre Beute zu verlieren. Zwei Stunden später hatte sie sich an dem noch warmen Fleisch satt gefressen. Vor allem die Innereien ergaben ein vorzügliches Mahl. Den großen Rest des Rehkörpers verscharrte die Jägerin in einer Kuhle und bedeckte es provisorisch mit loser Erde und Laubmulch. Das Reh würde für ihre beiden Jungen und sie mehrere Tage als Nahrung reichen. Sie musste die beiden Luchskinder nur hierher zu ihrem Riss führen. Sie würde diese Stelle in ihrem Revier immer wieder finden.

Franziska Geiger fuhr mit hoher Geschwindigkeit entlang der alten Kreisstrasse. Gegen 02.00 Uhr morgens hatte die Dorfdisko geschlossen, die sie - wie jeden Samstag - mit ihren Freundinnen frequentierte. Ihre Eltern würden wieder schimpfen, wenn sie so nach Hause kam. Nicht weil es für ein Mädchen in ihrem Alter ungewöhnlich gewesen wäre, sich noch so spät herumzutreiben. Nein, Vater Geiger schimpfte wegen der großen Beule am rechten Kotflügel seines alten VW Passat. An dem verbogenen Blech der Metallstoßstange hingen sogar noch die rötlichbraunen Grannenhaare des Luchsweibchens, das seine betrunkene Tochter auf dem Nachhauseweg überfahren hatte und das ihm und ihr nun Scherereien bereitete.

2 Lusengipfel (26. September 2011)

„Tango, ich hätte von Ihnen etwas mehr Loyalität erwartet", setzte Professor Spengler seinen Vortrag an Zacharias Steidler fort.

„Loyalität ist wichtig. Loyalität ist der Grundpfeiler unseres Geschäftes, wenn nicht sogar unseres Staates. Die Loyalität jedes einzelnen Individuums ist unabdingbare Voraussetzung für Vertrauen. Und Sie haben mein Vertrauen enttäuscht, Tango!"

Diese Enttäuschung hatte vor zwei Stunden sieben Personen auf den mit losen Granitblöcken markant übersäten Gipfel des Lusen am Südostrand des Nationalparks Bayerischer Wald zusammengeführt. Zum Zeitpunkt dieser Unterhaltung, gegen 21.30 Uhr, war einer der sieben Anwesenden bereits tot. Der Nationalpark-Ranger Georg Rank lag reglos hinter einem Felsen neben dem Gipfelkreuz. Aus zwei Schusswunden in seiner Brust sickerte das Blut nur noch unmerklich.

„Wenn Loyalität ein Grundpfeiler unseres Staates ist, sind Sie dann nicht auch illoyal, wenn Sie die Gesetze dieses Staates ignorieren, Professor?", gab Zacharias Steidler zurück.

„Jetzt enttäuschen Sie mich aber schon wieder. Sie sind doch ein intelligenter Mensch, Akademiker, bestens vertraut mit den Philosophen. Und ausgerechnet Sie kommen mir so? Wo haben Sie denn da unseren großen Kant gelassen? Wo bleibt denn da der kategorische Imperativ, Doktor Steidler? Da muss ich mich schon sehr wundern. Aber lassen wir das. Ich gebe Ihnen noch eine Chance. Ich habe nicht einen Haufen Geld in Ihre Ausbildung gesteckt, um das hier jetzt alles wegzuwerfen. Edgar – gib ihm die Pistole!", befahl Professor Spengler einem seiner drei Begleiter.

Edgar Reuß ging vier Schritte auf Zacharias Steidler zu und blieb kurz stehen. Er entfernte das Magazin aus dem Magazinschacht der Pistole. Jetzt befand sich noch eine Patrone im Patronenlager der Heckler & Koch. Damit konnte Zacharias Steidler maximal einen Menschen töten. Das wusste auch Professor Spengler. Edgar Reuß nahm die Pistole auf Höhe des Schalldämpfers und reichte sie Zacharias Steidler so, dass dieser das Griffstück der Waffe erfassen konnte.

Zacharias Steidler griff nach der Pistole und überlegte. Damit er dabei nicht auf krumme Gedanken kommen sollte, hatten Bert Mock und Paul Teichmann, die beiden anderen Begleiter des Professors, ihn unablässig im Blick und ihre Waffen auf ihn gerichtet.

„Was hatte er schon zu verlieren? Sein Leben? Seinen Job? Gab es mehr zu verlieren? Gab es überhaupt noch etwas zu gewinnen hier oben auf dem Gipfel des Lusen? Wie konnte es nur soweit kommen?", grübelte er und streckte den Zeigefinger seiner rechten Hand in Richtung Abzugshebel.

Sein Instinkt sagte zu Zacharias Steidler: „Schieß!" Und Zacharias Steidler gehorchte seinem Instinkt. Die siebte Person brach tödlich getroffen zusammen. Er hatte sie aus nächster Nähe genau neben dem rechten Ohr in die Schläfe geschossen. Der Körper zuckte noch einige Augenblicke, bis der Boandlkramer ein zweites Mal an diesem Abend seinen klapprigen Leichenkarren beladen konnte.

„Gehen wir!", befahl Professor Spengler und die fünf Überlebenden setzten sich in Richtung des Lusen-Schutzhauses in Bewegung. Zehn Minuten später stiegen vier von ihnen dort in einen Range Rover und fuhren den Wirtschaftweg, der für die Versorgung des Lusen-Schutzhauses genutzt wurde, wieder talwärts. Zacharias Steidler setzte sich auf eine der Bänke, die vor dem Eingang des Schutzhauses aufgebaut waren, und starrte zum sternenklaren Nachthimmel hinauf.

3 Kabul/Afghanistan (3. Mai 2011)

„Zack schieß!", schrie Bart Newman in das Mikrophon seines Headsets. Zacharias Steidler zögerte keine Sekunde und feuerte etwa zehn Schuss aus seinem M 16-Sturmgewehr in Richtung der Angreifer, ohne jedoch eine erkennbare Wirkung im Ziel zu erreichen.

Sie waren mit ihren drei Chevrolet Geländewagen vor gut zwei Stunden auf der Bagram Air Base gestartet. Der kleine Konvoi befand sich auf dem Rückweg in die Green Zone von Kabul, der afghanischen Hauptstadt. Mit geringem Fahrzeugabstand, aber möglichst hoher Geschwindigkeit, versuchten die drei Teams ihre Passagiere sicher durch die Vororte von Kabul zu transportieren.

Gary Eltson, ein amerikanischer Geschäftsmann, hatte für seinen Aufenthalt in Afghanistan die Dienste von IntSec in Anspruch genommen. International Security Corporation, kurz IntSec, hatte einen guten Ruf im Kreis der Sicherheitsunternehmen und das zu einem vernünftigen Preis. Dass Gary Eltson sein Geld nicht zum Fenster hinausgeworfen hatte, konnte IntSec gerade nachweisen.

Plötzlich hatte ein gelb-weißes Toyota-Taxi aggressiv versucht, sich zwischen das erste und zweite Fahrzeug der Kolonne zu drängen. Mit einem beherzten Rammstoß hatte jedoch George Heller, Fahrer des zweiten Chevy, den Toyota nach rechts in den Graben bugsiert. Anscheinend war dies aber nur die Ouvertüre gewesen.

Der mit Holz beladene Truck, ein Mercedes älteren Baujahrs, verengte die Fahrbahn, als im ersten Chevy plötzlich die Detonation einer RPG 7-Panzerfaust den Motorraum in Flammen aufgehen ließ und der Geländewagen ungebremst in das Hindernisfahrzeug raste. George Heller wich, ohne seine Fahrt zu verlangsamen, in den flachen Graben links des Mercedes-Trucks aus, riss den Wagen dahinter wieder nach rechts auf die nun freie Fahrbahn und raste weiter in Richtung Innenstadt, um dem gegnerischen Feuer zu entfliehen. Die Projektile aus den Kalaschnikows prallten an der gepanzerten Karosserie des Chevy ab, ohne die gewünschte Wirkung zu erzielen. Von der Böschung neben der Strasse aus wurde der Konvoi mit Handwaffen unter Feuer genommen.

Chad Kelvin, der Fahrer des dritten Chevy, stoppte hart neben dem zerstörten Fahrzeug. In dieser Position bot der Mercedes-Truck sogar ein wenig Deckung. Durch die geöffneten Seitenscheiben des Chevy konnte sich Bart Newman einen Überblick über die Lage verschaffen. Jack Saldo, der Fahrer, war augenscheinlich tot. Ebenso Sam Petucci auf dem Beifahrerplatz.

„Ivo komm mit!", schrie Bart Newman durch den Gefechtslärm.

Ivo Bilic folgte seinem Boss, ohne zu zögern. Bart Newman hatte den Transponder bereits betätigt. Dadurch löste sich ferngesteuert die Türverriegelung des abgeschossenen Chevy. Ivo Bilic riss die hintere Beifahrertür auf. Steve Ritter torkelte aus dem Fahrgastraum. Er war offensichtlich nur leicht benommen. Bart Newman zog ihn zu sich heran und brachte ihn in seinem Chevy in Deckung.

Harry Nilson hatte es schwerer erwischt. Aus seinem linken Unterarm sprudelte das Blut aus einer großen Fleischwunde. Während Ivo Bilic sicherte, holte Bart Newman routiniert einen Tourniquet aus seiner Beintasche und stoppte mit diesem Druckverband die Blutung.

Die Einschläge des Feindfeuers kamen näher. Die Angreifer hatten sich anscheinend mittlerweile in eine bessere Schussposition gebracht und nahmen nun die IntSec-Truppe unter massiveres Feuer.

„Zack schieß!", schrie Bart Newman in das Mikrophon seines Headsets.

Zacharias Steidler war nun ebenfalls ausgestiegen und hatte sich hinter dem Reifen des Mercedes in Stellung gebracht, um seine Kollegen zu sichern. Durch das Zielfernrohr seines M 16-Sturmgewehrs erkannte er drei Angreifer, die im Schutze einer Gruppe von etwa dreißig bis vierzig Personen, angelehnt an einige Lehmhütten, feuerten. Zacharias Steidler erwiderte das Feuer, konnte die Angreifer aber nicht isolieren.

„Zack schieß!", schrie Bart Newman wieder in das Mikrophon seines Headsets.

Der nächste Feuerstoß zeigte Wirkung. Etwa zehn Personen fielen getroffen zu Boden. Das Gewehrfeuer wurde aber nicht schwächer. Mit dem nächsten Feuerstoß gingen erneut etwa zehn Personen zu Boden. Anscheinend waren nun dabei auch Angreifer getroffen worden, da das Feuer etwas nachließ.

Bart Newman zog den Abzug an zwei Nebeltöpfen und warf beide in die Richtung der Angreifer. Der herausquellende Rauch bildete binnen weniger Sekunden eine dichte Nebelwand.

„Aufsitzen!", kam Bart Newmans Stimme aus dem Headset.

Mit den beiden Verletzen - aber ohne die beiden Toten - brauste der Chevy in Richtung Kabuler Innenstadt los. Über Funk wurde ein Rettungsmediziner aus dem Camp Warehouse informiert, der sich in der Zentrale von IntSec bereits auf die Aufnahme der beiden Verletzten vorbereitet hatte, als der Chevy dort eintraf.

Bart Newman setzte sich in Sichtweite des provisorischen Behandlungstisches, als der norwegische Mediziner damit begann, zuerst den aufgerissenen Arm von Harry Nilson wieder zusammen zu flicken.

Bart Newman überlegte. Er hatte heute zwei seiner Männer verloren. Zwei weitere verletzt. Einer schwer.

Dazu einen Chevrolet Geländewagen. Dieser Verlust war Bart Newman jedoch völlig egal. Auf dem Markt in der afghanischen Hauptstadt konnte man in kürzester Zeit ein gepanzertes Geländefahrzeug ersetzt bekommen. Gute Leute waren dagegen schwerer zu ersetzen. Bart Newman heuerte bevorzugt ehemalige Soldaten oder Polizisten für IntSec an. Die Nationalität war da eher Nebensache. Gut, die meisten seiner Männer – und IntSec beschäftigte in diesem Gewerbe ausschließlich Männer – kamen aus den Vereinigten Staaten. Viele waren bereits in ihrer aktiven Dienstzeit bei der Army oder beim US Marine Corps im Irak und/oder in Afghanistan eingesetzt gewesen. Was vor allem für ein Engagement bei IntSec sprach, war die bessere Bezahlung gegenüber dem, was Uncle Sam dafür springen ließ.

Harry Nilson war Däne, ehemaliger Angehöriger der dortigen Special Forces. Ivo Bilic stammte aus Bosnien. Zacharias Steidler aus Deutschland vervollständigte aktuell Newmans Mannschaft. Der 40-jährige Deutsche arbeitete seit fast zehn Jahren für Bart Newman und IntSec. Nach dem 11. September 2001 hatte das Auftragsvolumen von IntSec dramatisch zugenommen. Firmen wie IntSec konnten sich in den neuen Krisengebieten vor Jobs kaum retten. Und der heutige Tag zeigte wieder, dass die Angehörigen von Bart Newmans Truppe sich ihr Geld unter Einsatz ihres Lebens hart verdienen mussten. Jack Saldo und Sam Petucci hatten heute für ihren Kunden Gary Eltson, einen amerikanischen Geschäftsmann, alles riskiert und dabei ihr Leben verloren. Das war der Deal. Harry Nilson und Steve Ritter hatten mehr Glück gehabt. Sie würden beide durchkommen. Steve Ritter war sogar am nächsten Tag schon wieder an Bord, als sie Gary Eltson am Kabul International Airport zu seiner Maschine brachten.

4 Frankfurt a. M. (07. Juni 2011)

Zacharias Steidler stieg in Frankfurt gegen 13.30 Uhr aus dem Airbus A 310 der Ariana Afghan Airlines, der ihn direkt aus Afghanistan in seine deutsche Heimat gebracht hatte. Nach dem Verlassen des Terminals 2 fuhr er mit dem Zug in die Frankfurter Innenstadt zu der Wohnung von Ramona Klingler.

„Zacharias, wie lange warst Du dieses Mal weg?", fragte Ramona Klingler ihren Freund.

„Vor Ostern bin ich nach Kabul geflogen. Das ging diesmal eigentlich. Mir kam das gar nicht so lange vor", antwortete Zacharias Steidler kurz.

„Zach, ich habe jedes Mal solche Angst um Dich."

„Brauchst Du nicht zu haben. Ich kann ganz gut auf mich aufpassen. Ich passe sogar noch auf andere Menschen ganz gut auf. Bisher ist kein Kunde von uns zu Schaden gekommen."

„Und Deine Kollegen, Zach?"

„Denen passiert schon auch nichts", antwortete er knapp und verschwieg dabei bewusst die Geschichte mit Jack Saldo, Sam Petucci und den zwei verletzten Kollegen von IntSec, um Ramona Klingler nicht unnötig zu beunruhigen.

„Ich weiß nicht, Zach."

„Ramona, lass uns das Thema wechseln. Ich habe mich die ganze Zeit in Afghanistan auf guten Sex mit Dir gefreut. Lass uns ins Schlafzimmer gehen, Ramona!"

Deshalb war Zacharias Steidler bei Ramona Klingler. Sie war nicht seine Lebensgefährtin, sondern eine treue Wegbegleiterin seiner letzten zehn Lebensjahre. Zacharias Steidler hatte Ramona Klingler im April 2002 bei einer Kneipentour mit Kollegen von IntSec kennen gelernt. Sie arbeitete damals als Animierdame in einem einschlägigen Lokal der Frankfurter Rotlichtszene. Ramona Klingler war Anfang dreißig gewesen und hatte schon eine längere „Karriere“ hinter sich. Sie konnte mit Kunden umgehen und hatte einen guten Ruf innerhalb der IntSec-Truppe. Vor nun gut fünf Jahren hatte Zacharias Steidler sie aber ihrem Zuhälter abgekauft und ihr in einem Vorort von Frankfurt eine kleine Wohnung eingerichtet. Dorthin konnte er sich jederzeit zurückziehen, wenn ihm danach war. Und dort konnte er jederzeit Sex – guten, professionellen Sex - bekommen, wenn ihm danach war. Immer, wenn er aus Einsätzen für IntSec zurückkam, war ihm danach.

Ramona Klingler genoss es ihrerseits, ihren Gönner nach allen Regeln der Kunst zu verwöhnen. Heute hatte Zacharias Steidler Lust auf eine ausgiebige Badewannen-Nummer. Ramona und das warme Wasser entspannten ihn so richtig. Obwohl - oder gerade weil sie keine engere Liebesbeziehung verband, kuschelten sie danach immer lange im angrenzenden Schlafzimmer.

„Und, wie war es, Zach?“

„Soll ich ehrlich sein, Ramona? Es war wieder gigantisch! Du bist eine tolle Frau!“

„Und sonst?“

„Was und sonst?“

„Was machst Du als nächstes?“

„Ich gehe auf die Toilette?“

„Du Arsch! Ich wollte wissen, was Du in Deutschland als nächstes machst?“

„Ach so. Das weiß ich noch nicht genau. Mein nächster Job bei IntSec steht noch nicht fest. Ich habe jetzt erst einmal mindestens zwei Monate Urlaub. Da haue ich meine Prämien auf den Kopf. Aber morgen früh muss ich erst mal sehen, was es sonst noch gibt. Ich fahre nach Stuttgart in meine Wohnung und sehe dort nach dem Rechten. Wie wäre es, wenn Du mitkommst, Ramona?“

„Ist das Dein Ernst, Zach?“

„Ja, warum nicht? Wir schieben jetzt noch eine Nummer, schlafen dann brav bis morgen früh und sehen dann weiter. Ist das okay für Dich?"

„Okay. Ich habe nur einen Wunsch."

„Der wäre?"

„Ich möchte diesmal oben liegen. Da kann ich Dich besser spüren."

„Ja, Madam. Zu Diensten, Madam. Ja, Madam. Ja, Madam möchte genießen", sagte Zacharias Steidler lachend und drehte sich auf den Rücken.

Ramona Klingler bestieg ihren Lover und ritt ihrem Sonnenuntergang entgegen.

Gegen 08.00 Uhr saßen Ramona Klingler und Zacharias Steidler gemeinsam beim Frühstück.

„Ramona, liebst Du mich?"

„Warum sollte ich?"

„Okay, dann ist alles in Ordnung."

„Warum fragst Du denn so blöd?"

„Ich wollte es einfach nur wissen. Sex und Liebe muss man immer trennen. Ich sag Dir eins. Sobald Du anfängst, mich zu lieben, gib mir Bescheid. Dann bin ich sofort weg. Denn dann kann ich meinen Job nicht mehr machen."

„Wäre das so schlimm für Dich, Zach?"

„Dass Du mich liebst?"

„Nein, Dein Job. Du hast doch genug Kohle verdient. Du könntest Dich doch längst zur Ruhe setzen. Oder nur noch im Inland Jobs erledigen."

„Ramona, ich muss dieses Gespräch jetzt leider abbrechen. Das geht in eine völlig falsche Richtung. Lassen wir es dabei! Ich zahle Deine Bude. Du musst nur Anschaffen gehen, wenn Du Lust dazu hast. Und wenn ich in Deutschland bin, gehörst Du nur mir und verwöhnst mich. Ist das noch unser Deal, Ramona?"

„Ja, Zach", antwortete Ramona Klingler etwas kleinlaut, aber nachdenklich.

Schon mehrfach hatte sie versucht, Zacharias Steidler auf das Glatteis einer „normalen" Beziehung zu führen. Sein Instinkt warnte ihn aber immer rechtzeitig davor, in ihre Falle zu tappen.

Bei Europcar mietete Zacharias Steidler einen Ford Focus für die Fahrt nach Stuttgart. Unter falschem Namen, wie er das immer zu tun pflegte. Gegen 15.30 Uhr kamen sie in der Daimlerstrasse an, in der die Wohnung von Zacharias Steidler lag, eine Vierzimmerwohnung im dritten Stock eines Mehrfamilienhauses.

„Ramona, Du kannst schon mal anfangen, die Wohnung aufzuräumen. Ich muss kurz weg."

„Typisch Mann! Wenn es an die Hausarbeit geht, verpisst Du Dich."

„Ramona, bleib locker. In einer Stunde bin ich spätestens wieder da. Bis dahin wirst Du ja wohl das Schlafzimmer ohne mich auf Vordermann gebracht haben. Den Rest erledigen wir dann gemeinsam."

„Du meinst die Küche und das Bad?"

„Nein. Den Rest im Schlafzimmer!", antwortete Zacharias Steidler lachend und verschwand in Richtung Treppenhaus.

Mit der S-Bahn fuhr er in die Stadtmitte. Im Kuffner-Hochhaus nahm er den Lift bis in die oberste Etage. Über eine kleine Metalltreppe erreichte Zacharias Steidler dann den Eingang zum Dachboden. An der Wand neben der Tür waren mehrere Schaltkästen angebracht. Er holte einen kleinen Schlüssel aus seiner Hosentasche und öffnete den Kasten mit der Aufschrift Elektro-Gerber. In dem Kasten befanden sich jedoch keine Kabel, Schalter, Sicherungen oder Ähnliches. In dem hellgrauen Kasten befanden sich vier gleichgroße Schließfächer mit Sicherheitsschloss.

Zacharias Steidler öffnete das obere rechte Fach und holte einen auffällig grünen Briefumschlag der Größe DIN C 4 heraus. Bis auf den Buchstaben T, mittig in breiter schwarzer Schrift aufgebracht, war der Umschlag ohne weitere Kennzeichen.

Zacharias Steidler nutzte sein Stiefelmesser als Brieföffner und zog dann als erstes ein Bündel Euroscheine aus dem aufgeschlitzten Umschlag heraus. Auf der Banderole, welche lauter Hunderter zusammenhielt, war die Zahl 5000 aufgedruckt. Er zählte das Geld grob nach und steckte es in seinen mitgebrachten kleinen Rucksack.

„Hallo, Tango! Schön, dass Sie es einrichten konnten. Sie haben sicher das Geld schon nachgezählt. Die zweite Hälfte bekommen Sie, wie üblich, sobald Sie Vollzug gemeldet haben. Und nun zu Ihrem Auftrag. Unsere Klienten haben Schwierigkeiten mit einem gewissen Dr. Herbert Schaller, Geschäftsmann aus Frankfurt. Er macht mit seiner Geliebten vom 11. Juni bis 17. Juni einen kleinen Urlaub im Spessart. Die Lage seiner Jagdhütte ist auf der Karte eingezeichnet. Die Frau heißt Carmen Heigl. Sie ist unwichtig, wenn Sie wissen, was das heißt. Unsere Auftraggeber möchten aber, dass Herr Schaller möglichst lange etwas davon hat. Eventuell gibt es dann noch einen Bonus. Viel Erfolg, Tango!", stand mit steriler Computerschrift auf einem weißen Bogen Papier.

Zacharias „Tango" Steidler verstaute nun auch den Rest des Umschlaginhaltes in seinem Rucksack. Sorgsam verschloss er sein Schließfach und den vermeintlichen Schaltkasten von Elektro-Gerber wieder und verließ das Gebäude auf dem gleichen Weg, wie er es betreten hatte. Auf direktem Weg kehrte er zu Ramona Klingler in die Daimlerstrasse zurück. Sie hatte im Schlafzimmer bereits auf ihn gewartet.

Am nächsten Morgen befanden sie sich bereits wieder auf der Autobahn in Richtung Frankfurt.

5 Spessart (Pfingstwochenende 2011)

Tango hatte am Freitagabend seinen schwarzen VW Bus T 5 abgeholt und alle Utensilien darin verstaut, die er für seinen „Kurzurlaub" im Spessart benötigen würde. Der Bully hatte im Boden des Kofferraums ein abschließbares Fach, in dem Tango seine Bewaffnung einigermaßen sicher unterbringen konnte. Die hintere Sitzbank war ausgebaut, sodass er sein Mountainbike verlasten konnte, ohne es zu zerlegen. Mit drei Spanngurten sicherte er seine Ladung gegen das mögliche Verrutschen.

Gegen 09.00 Uhr verließ Tango am Samstagmorgen aus Frankfurt kommend die Autobahn A 3 bei der Abfahrt Hösbach, um der Bundesstraße 26 in östliche Richtung bis zu seinem Zwischenziel zu folgen. Tango hatte über eine anonyme Onlinebuchung für die nächsten drei Tage ein kleines Zimmer im Gasthof Bischbornerhof gemietet. Der Bischbornerhof lag verkehrsgünstig direkt an der B 26, der Deutschen Ferienstraße Alpen-Ostsee. Hier war über die Pfingstfeiertage so ein großes Aufkommen an durchreisenden Urlaubern, dass ein sportlicher Single mit VW Bus und Mountainbike weder auffiel noch wahrscheinlich überhaupt besonders wahrgenommen wurde.

Der Bischbornerhof hatte aber noch einen zweiten Vorteil für Tango. Er lag in etwa sieben Kilometer Entfernung zu seinem Ziel, einer privaten Jagdhütte in der Nähe des Naturschutzgebietes Hafenlohrer Tal, einem idyllisch gelegenen Naherholungsgebiet für Wanderer und andere Erholungssuchende in Reichweite des Ballungsgebietes Frankfurt.

Tango suchte jedoch nicht Erholung, er suchte Dr. Herbert Schaller, Geschäftsmann aus Frankfurt, und dessen Geliebte. Die Photos von Schaller und Carmen Heigl waren so gestochen scharf, dass er sich sicher war, beide auch in Freizeitkleidung in ihrer Hütte eindeutig identifizieren zu können. Leute wie Schaller hatten ja für Tango auch einen großen Vorteil. Sie besaßen genug Geld, um sich in einem unzugänglichen Waldgebiet wie dem Spessart eine Hütte bauen zu lassen und – was für Tango noch wichtiger war – diese Hütte auch noch so abseits bauen zu lassen, dass sie wirklich ungestört ihren Freizeitaktivitäten nachgehen konnten. Dr. Schaller war zudem Jäger. Ihm gehörte ein Teil des seine Jagdhütte umgebenden Staatsforstes zur jagdlichen Nutzung. Wie er da dran gekommen war, interessierte Tango aber nicht im Geringsten. Über die Pfingstfeiertage war die jagdliche Nutzung an Tango übertragen.

Den Rest des Samstages verbrachte Tango damit, seine Legende als Erholung suchender Single aufzubauen. Den ganzen Nachmittag durchstreifte er auf seinem Mountainbike die umliegenden Wälder, um sich in der Umgebung des Bischbornerhof erste Geländekenntnisse anzueignen. Den Abend verbrachte er dann in der Gaststube seines Domizils und mischte sich unter die anderen Touristen.

Auch den Pfingstsonntag über fuhr Tango mit seinem Mountainbike die Forstwege ab, die wie ein Spinnennetz sein Ziel umgaben. Dabei hatte er schon herausgefunden, dass die Zufahrt zur Jagdhütte seiner Zielpersonen durch eine Schranke gesichert und zusätzlich als Privatweg gekennzeichnet war. Beides konnte Tangos Auftrag erleichtern.

Tango verließ den Forstweg und schob sein Bike durch den Buchenhochwald in die Richtung einer kleinen Fichtenschonung. Dort versteckte er sein Fahrrad in einer Bodenmulde und streifte sich einen leichten olivfarbenen Overall über, den er in seinem Rucksack mitgebracht hatte. Darin hatte sich auch ein Fernglas mit eingebautem Entfernungsmesser befunden, das Tango nun offen trug. Einem kleinen, ausgetrockneten

Bachbett folgend bewegte sich Tango etwa siebenhundert Meter in westliche Richtung auf sein Zielobjekt zu. Tango wollte die nähere Umgebung der Jagdhütte erkunden und dabei erste Aufschlüsse zu möglichen Handlungsoptionen gewinnen.

Die Jagdhütte lag nun vor ihm auf einer Lichtung. Vorsichtig schob sich Tango in tiefster Gangart bis etwa hundert Meter an die Hütte heran und legte sich neben die Wurzeln einer mächtigen Spessartbuche. Von diesem Beobachtungsplatz aus konnte er das Gelände gut einsehen. Die Jagdhütte befand sich am Rande einer etwa zweihundert mal zweihundert Meter messenden, großen Lichtung. Die Zufahrt aus südlicher Richtung endete bei der Hütte. An der Ostseite begrenzte eine kleine Fichtenschonung die Lichtung. Neben der Fichtenschonung stand ein etwa sieben Meter hoher Jagdstand. Die drei anderen Seiten der Lichtung wurden vom alten Baumbestand eines Buchenhochwaldes eingerahmt.

„Sehr idyllisch gelegen", dachte Tango, nachdem er die Einzelheiten in eine Skizze eingetragen hatte.

Mit dem Entfernungsmesser hatte er auch schon die Ausmaße der Lichtung festgestellt, bereits verschiedene potenzielle Schusspositionen im Gelände ausgemacht und diese ebenfalls in seiner Skizze vermerkt.

Endlich tauchten auch Dr. Schaller und Fräulein Heigl auf. Er im schicken Jagddress, sie in einem luftigen Sommerkleid. Auf der kleinen Holzterrasse vor der Jagdhütte hatten sie es sich zum Nachmittagskaffee gemütlich gemacht. Während Dr. Schaller seinen Kaffee trank, hielt seine Geliebte die ganze Zeit über seine linke Hand fest.

Die Jagdhütte war eingeschossig angelegt. An der Ost-, Nord- und Westseite waren jeweils zwei Fenster mit Holzläden angebracht, an der Südseite lediglich die Eingangstür und die Terrasse. In einem Abstand von etwa zehn Metern zur Nordostecke war ein mittelgroßer Holzschuppen vorhanden. Das zweiflüglige Tor ließ darauf schließen, dass es sich nicht nur um einen Geräteschuppen handelte, sondern Dr. Schaller auch seinen Porsche Cayenne darin - vor Blicken geschützt - unterbringen konnte. Neben dem Tor gab es noch eine schmale Tür, die ebenfalls nach Süden gerichtet war.

Nach etwa fünf Stunden Aufenthalt hatte Tango genug gesehen. Ein leichter Nieselregen hatte eingesetzt. Unbemerkt wie er gekommen war, konnte Tango sein Versteck wieder verlassen. Gegen 20.30 Uhr stellte er sein Mountainbike in der Garage des Bischbornerhof ab und machte sich für ein spätes Abendessen fertig.

Der Pfingstmontag war eine verregnete Angelegenheit. Ein Schauer nach dem anderen zog über den Spessart und lud seine feuchte Fracht über dem dichten Blätterdach des Buchenwaldes ab. Erst kurz vor dem Abendessen riss die Wolkendecke auf und ein leichter Südostwind trocknete das Land wieder etwas ab. Tango hatte da schon seinen Plan entwickelt und seine Ausrüstung im Rucksack verstaut. Um 20.00 Uhr fuhr Tango noch ein letztes Mal mit dem Mountainbike zur Zufahrtsstrasse der Jagdhütte. Er hatte gestern an der Schranke noch ein kleines Stück Holz auf den Schlagbaum gelegt, das herunterfiel, sobald der Schlagbaum hochginge. Das Holz lag noch unberührt an seinem Platz. Tango schloss daraus, dass Dr. Schaller und sein Täubchen ihr Nest nicht verlassen hatten. Zumindest hatten sie dazu nicht mit dem Auto die Zufahrtsstrasse genutzt. Tango hob das Stück Holz kurz an. Darunter war der Schlagbaum trocken. Also hatte auch niemand das Holz wieder an seinen Platz zurückgelegt, sondern es war so, wie Tango es vermutet hatte. Und er vermutete weiter, dass Dr. Schaller morgen zum Einkaufen fahren würde, um Lebensmittel für den Rest ihres Aufenthaltes zu kaufen. Die Läden in den nahen Ortschaften Rechtenbach oder Rothenbuch hatten am Dienstag nach dem Pfingstwochenende wieder geöffnet.

Mit dieser Vorhersage hatte sich Tango aber getäuscht. Am Dienstagmorgen räumte er nach dem Frühstück sein Zimmer, belud seinen Bully und verabschiedete sich von den Wirtsleuten. Er folgte zunächst weiter der B 26 nach Osten, da er der Besitzerin des Bischbornerhof erzählt hatte, in Richtung Lohr und dann am Main entlang nach Würzburg weiterfahren zu wollen und sich nicht sicher war, ob die neugierige Person nicht noch seine Abfahrt beobachten würde. Nach einem Kilometer verschluckte aber sofort der Spessart die Bundesstrasse und Tango konnte am nächsten Wanderparkplatz sein Fahrzeug abstellen und sich mit dem Rad auf den Weg zur Jagdhütte machen.

Gegen 10.00 Uhr erreichte er den Schlagbaum zur Zufahrt. Das Stück Holz lag noch so darauf, wie er es am Vortag zurückgelassen hatte. Tango war zufrieden. Er versteckte wieder sein Mountainbike, streifte sich seinen Overall über und verschmolz so gekleidet mit geschmeidigen Bewegungen mit seiner Umgebung. Zum Glück hatte die Sonne soviel Kraft, dass sie die Feuchtigkeit des regnerischen Vortages fast komplett in einen leichten Nebel verwandelt hatte. Dessen Schwaden standen förmlich zwischen den majestätischen Spessartbuchen und boten Tango zusätzliche Tarnung.

An der Lichtung angekommen, bezog Tango seinen Beobachtungsplatz und holte die Teile seines Gewehres aus dem Rucksack. Mit fließenden Bewegungen setzte er die einzelnen Bauteile der Langwaffe zusammen und repetierte mehrmals den Verschluss, um so die Funktion der gleitenden Teile zu überprüfen. Zuletzt setzte er das Zielfernrohr auf und schraubte den Schalldämpfer an die Mündung seines Scharfschützengewehres. Gleichermaßen bestückte er auch seine Heckler & Koch-

Pistole. Tango wollte die erhabene Ruhe des Waldes nicht mit lautem Mündungsknall stören.

Die Ruhe wurde erst zwei Stunden später unterbrochen, als die Tür der Jagdhütte aufging und eine nackte, blonde Schönheit auf der Terrasse erschien. Völlig unbekleidet stand Carmen Heigl vor der Tür und reckte ihre Arme zum Himmel. Jetzt kam Dr. Schaller aus der Jagdhütte. Wie es sich für einen älteren, distinguierten Geschäftsmann gehörte, trug er einen seidenen Bademantel. Von hinten umarmte er seine Geliebte und küsste sie in den Nacken. Durch das Fernglas waren alle Einzelheiten ihres Körpers für Tango gut zu erkennen. Und sie hatte zwei mächtige Einzelheiten zu bieten. Die kleinen Narben seitlich der Brustwarzen sagten Tango aber, dass die Größe nicht Naturbelassen war. Alles andere an ihrem Körper schien Tango jedoch makellos zu sein. Zumindest nach seinem Geschmack. Und anscheinend auch nach dem Gusto von Dr. Schaller.

Kurz darauf gingen beide wieder hinein. Wenige Minuten später erschien Dr. Schaller erneut, diesmal mit einer Kaffeetasse in der Hand.

„Das Pärchen frühstückt anscheinend gerade", dachte Tango und lehnte sich etwas zurück.

In den nächsten Minuten würde sich noch keine Gelegenheit zum Zuschlagen ergeben. Und Tango sollte wieder Recht behalten. Erst gegen 14.30 Uhr kam plötzlich Carmen Heigl aus der Jagdhütte und ging zum Schuppen hinüber. Sie öffnete die Tür, verschwand für wenige Minuten im Innern und schleifte einen Liegesessel mit Polsterauflage hinter sich her. So wie es für Tango aussah, suchte sie ein geeignetes Plätzchen, um sich in die Sonne zu legen, die mittlerweile die Lichtung in gleißendes Licht getaucht hatte. Carmen Heigl klappte die Lehne des Liegesessels in einen Winkel von ungefähr fünfundvierzig Grad, legte sich darauf und bewegte sich dann nicht mehr.

Ganz kurz bewegte sich ihr Kopf doch noch, als das Projektil aus Tangos Gewehr ihren Schädel durchschlug. Dreiundsiebzig Meter hatte der Entfernungsmesser des Fernglases angezeigt. Tango hatte den für die Entfernung passenden Haltepunkt gewählt und Carmen Heigl genau mittig in die Stirn geschossen.

Mit einem kräftigen Sprint überwand Tango jetzt die fünfundsechzig Meter, die ihn vom Eingang der Jagdhütte trennten. Das Gewehr hatte er abgelegt und seine Pistole nun beim Laufen in der Hand. Als er schon an der Terrasse war, stand plötzlich Dr. Schaller in der Tür. Ohne zu bremsen, rannte Tango ihn um, sodass dieser rückwärts in das Innere der Hütte stürzte. Bevor er sich aufrappeln konnte, hielt ihm Tango den Schalldämpfer der Pistole entgegen.

„Was wollen Sie von mir?“, wollte Dr. Schaller wissen.

„Dr. Schaller, Sie stellen hier keine Fragen! Aber meine Auftraggeber haben mich autorisiert, Ihnen einige Informationen über ihre Pläne zu geben. Also hören Sie gut zu!“

„Was heißt hier Auftraggeber?“

„Dr. Schaller! Sie sollen mir zuhören!“

„Sie haben mir gar nichts zu sa….“, wollte Dr. Schaller einwenden, doch er konnte den Satz nicht mehr vollenden, da ihn ein neben ihm in die Wand einschlagendes Projektil spontan zum Schweigen brachte. „Dr. Schaller, jetzt hören Sie mir gut zu! Ich habe einen Auftrag zu erfüllen. Und Sie sollten mir in Ihrem eigenen Interesse dabei helfen. Wollen Sie mit mir kooperieren?“

„Ja“, antwortete Dr. Schaller kleinlaut.

„Gut, Dr. Schaller. Meine Kollegen und ich haben den Auftrag, Sie zu entführen. Wenn Sie tun, was ich Ihnen sage, passiert Ihnen und Ihrer Begleitung nichts weiter. Wenn nicht, dann haben Sie alles Weitere selbst zu verantworten. Haben Sie das verstanden, Dr. Schaller?"

„Ja, aber wo ist Carmen? Ich meine Frau Heigl."

„Meine Kollegen kümmern sich gerade um sie. Sie müssen sich keine Sorgen machen. Meine Kollegen sind sehr behutsam mit schönen Frauen. Sie mögen es nur nicht, wenn man sich zu sehr ziert. Aber ich glaube, Ihre Braut hat sich nicht lange geziert."

„Ihr Schweine! Lasst Carmen in Ruhe! Fasst sie ja nicht an!"

„Sonst, Dr. Schaller? Was passiert sonst?"

Dr. Schaller schwieg.

„Sehr vernünftig, Herr Doktor. Ich gebe Ihnen jetzt ein paar Anweisungen. Sie befolgen die brav und Ihre liebe Carmen darf ihr Höschen anbehalten."

„Was soll ich tun?"

„Sehen Sie, wir müssen Sie hier wegbringen, ohne dass Sie sich an Einzelheiten erinnern können. Ich habe hier ein kleines Fläschchen mit K.o.-Tropfen. Sie träufeln sich ein paar Tropfen davon in den Mund und alles wird gut. Wenn Sie dann wieder aufwachen, haben Sie das Schlimmste schon überstanden. Wenn Ihre Familie dann das Lösegeld zahlt, sind Sie uns auch schon wieder los. Oder wir Sie. Wie Sie wollen."

Tango warf Dr. Schaller ein kleines braunes Fläschchen zu. Er fing es auf und öffnete den Verschluss. Dr. Schaller träufelte sich drei Tropfen des Inhalts auf die Zunge und wartete auf die Wirkung. Plötzlich sackte er nach hinten weg und lag nun rücklings auf dem Boden.

Tango nahm seinen Rucksack ab, öffnete ihn und holte ein Stück Kletterseil heraus. Mit seinem Stiefelmesser schnitt er sechs Stücke ab, jedes ungefähr einen halben Meter lang. Das erste Stück legte er oberhalb des Knies um den rechten Oberschenkel von Dr. Schaller. Er verknotete die beiden losen Enden des Seils. Mit einem mitgebrachten, zwanzig Zentimeter langen Holzpflock drehte er nun die Seilschlinge so lange zusammen, bis das Seil deutlich in die Oberschenkelmuskulatur einschnitt. Zuletzt fixierte er den Knebel mit etwas Tape. Mit den beiden Armen verfuhr Tango oberhalb des Ellbogens in analoger Art und Weise. Nach ein paar Minuten hatte er sein Werk vollbracht. Zum Schluss setzte er Dr. Schaller auf einen Stuhl in die Mitte des Raumes.

Tango ging wieder nach draußen. Carmen Heigl bekam über ihren zerfetzten Kopf eine Aldi-Tüte gestülpt, die ebenfalls mit Tape fixiert wurde. Tango schleifte ihre Leiche nun in die Hütte zu dem bewusstlosen Dr. Schaller und legte sie in einer Ecke bäuchlings ab. Anschließend brachte er den blutverschmierten Liegesessel in den Geräteschuppen und verschloss die Tür. Geduldig wartete Tango nun, bis Dr. Schaller wieder erwachte.

„Wo bin ich?“, fragte Dr. Schaller als Erstes, nachdem er wieder bei Sinnen war.

„Gute Frage, Dr. Schaller“, antwortete Tango ruhig.

„Ihr Schweine! Was habt Ihr mit ihr gemacht?“, erregte sich Dr. Schaller plötzlich, als er den Körper seiner Geliebten in der Ecke liegen sah.

Dabei versuchte er aufzustehen. Er sackte jedoch nach rechts weg, da das abgebundene Bein ihm nicht mehr gehorchen wollte. So wie seine beiden abgebundenen Arme ihm nicht mehr gehorchten. Sein Kopf befahl den Händen zwar, sich beim Fallen aufzustützen. Der Befehl wurde von den Armen aber nicht mehr ausgeführt, da sie wie das Bein gefühllos waren. Dr. Schaller schlug längs auf den Boden auf. Tango fasste ihn am rechten Arm und drehte ihn auf den Rücken. Dr. Schaller blutete aus Mund und Nase. Offensichtlich hatte er sich beim Aufprall in die Lippe gebissen und die Nase gebrochen. Er konnte nur röcheln und Blut ausspucken. Tango nahm ein längeres Stück Tape und verklebte damit seinen Mund.

„Dr. Schaller, ich muss Ihnen etwas gestehen. Ich habe Sie vorhin angelogen. Ich habe gar keine Kollegen. Ich arbeite gerne alleine. Ich habe auch keinen Auftrag, Sie zu entführen."

Der Körper von Dr. Schaller zuckte, da er offensichtlich alleine durch die blutende Nase nicht so viel Luft einatmen konnte, wie er es gerne gehabt hätte.

„Nein, ich habe keinen Auftrag, Sie zu entführen. Das wollten meine Auftraggeber nicht von mir. Jetzt raten Sie mal, welchen Auftrag ich sonst noch haben könnte?", fragte Tango, grinste dabei kühl und riss das Tape vom Gesicht von Dr. Schaller.

Dieser spukte das überschüssige Blut in seinem Mund auf den Boden und japste nach Luft.

„Warten Sie! Egal, was die Ihnen bezahlt haben. Ich kann Ihnen mehr bezahlen. Nennen Sie mir die Summe und Sie bekommen das Geld. Ich gehe auch nicht zur Polizei. Versprochen!"

„Das will ich Ihnen gerne glauben. Ich meine, dass Sie nicht zur Polizei gehen. Sie werden nirgendwo mehr hingehen, fürchte ich für Sie."

„Warten Sie! Tun Sie bitte nichts Unüberlegtes! Noch können Sie zurück."

„Das klingt interessant. Aber ich kann Ihr Angebot nicht annehmen."

„Warum nicht? Ich habe Geld, viel Geld. Ich gebe Ihnen soviel Sie wollen. Nennen Sie mir Ihren Preis!"

„Ich habe keinen Preis. Aber ich habe einen Auftrag. Und den werde ich ausführen. So geht das Spiel."

„Warum tun Sie das? Ich gebe Ihnen viel Geld. Sie haben nur einen Auftrag. Was ist schon ein Auftrag gegen viel Geld? So überlegen Sie doch! Bitte! Bitte!"

Tango riss ein Stück Tape von der Rolle und beendete damit die Unterhaltung. Er nahm die Axt, die neben dem Brennholzkorb lag und holte aus. Dr. Schaller schloss die Augen und sah darum nicht, wie Tango mit

Wucht neben ihm in die Holzwand schlug und ein Stück von der Bretterwand heraus brach. Mit einem zweiten, nun aber gezielter geführten Schlag spaltete er das Holzstück so, dass das zuvor abgefeuerte Projektil auf den Boden kullerte. Tango hob es auf, steckte es in seine Brusttasche und legte die Axt beiseite. Dr. Schaller zitterte am ganzen Körper, da er offensichtlich wieder Schwierigkeiten mit der Atmung hatte. Tango riss ihm das Tape vom Mund. Dr. Schaller japste wie zuvor.

„An welche Summe hatten Sie denn gedacht, Herr Doktor?"

„Danke, dass Sie vernünftig werden. Sagen Sie mir Ihre Summe und Sie bekommen das Geld. Bargeld, Aktien, Gold oder auf ein Schweizer Nummernkonto. Wie Sie wollen. Nennen Sie mir die Summe. Bitte!"

„Wissen Sie was Loyalität ist, Herr Doktor?"

„Was hat das damit zu tun?"

„Meine Auftraggeber schätzen Loyalität über alles. Wenn ich Ihr Geld nehmen würde, wäre ich zutiefst illoyal. Und meine Auftraggeber wären zutiefst enttäuscht. Verstehen Sie das denn nicht, Herr Doktor?"

„Loyalität. Ja. Loyalität ist wichtig. Aber denken Sie doch an das Geld, das ich Ihnen geben kann."

„Spüren Sie eigentlich noch Ihre Hände?"

„Nein, aber was haben denn meine Hände damit zu tun?"

„Viel, Doktor."

Tango hatte eben einen großen Zimmermannsnagel aus dem Rucksack geholt und drückte nun mit der Spitze des Nagels auf die Mitte der rechten Handfläche von Dr. Schaller.

„Nein! Nein! Das dürfen Sie nicht tun!"

Tango ergriff die Axt und schlug damit kraftvoll auf den Nagel. Dr. Schaller spürte zwar keinen Schmerz, stieß aber einen kurzen Schrei aus. Auch den zweiten Nagel spürte er nicht. Auch nicht den dritten.

„Einen habe ich noch, Herr Doktor. Leider hatte ich kein Seil mehr übrig, um auch Ihr anderes Bein abzubinden. Das wird wohl etwas wehtun.“

Dr. Schaller legte den Kopf zurück und wartete auf den nächsten Schlag mit der Axt.

„Doktor, ich bin doch kein Unmensch.“

Etwas Erleichterung huschte über das blutige Gesicht von Dr. Schaller. Tango riss erneut Tape von der Rolle. Dieses Mal waren es zwei längere Streifen als bisher. Nach knapp drei Minuten hörte Dr. Schaller auf zu zittern.

Tango nahm sein Stiefelmesser und zerschnitt die Aldi-Tüte. Er nahm seine kleine Digitalkamera aus dem Rucksack und machte ungefähr dreißig Aufnahmen seiner vollendeten Arbeit. Kurz durchsuchte er die Hütte nach Wertsachen. Außer einer Rolex und ein paar Tausend Euro an Bargeld erschien Tango nichts weiter mitnehmenswert. Er verteilte den Inhalt der mitgebrachten Benzinflasche über und neben den beiden Leichen und entzündete den Brandbeschleuniger mit einem Streichholz.

Tango blickte kurz zu der brennenden Jagdhütte, als er die Teile seines nun wieder zerlegten Gewehrs im Rucksack verstaute. Mit zügigen Schritten, aber ohne Hast, legte er den Weg bis zu seinem Mountainbike zurück. Zwanzig Minuten später saß er am Steuer des Bully und folgte ab der Stadt Lohr dem Main flussaufwärts in Richtung Würzburg, so wie er es der Wirtin im Bischbornerhof gesagt hatte. Von seinem Besuch in der Jagdhütte von Dr. Schaller hatte er ihr gegenüber aber nichts erwähnt. In Würzburg fuhr Tango wieder in Richtung Autobahn und dann auf der A 3 nach Frankfurt zurück. In einem Internet-Cafe mailte er etwa dreißig Photos an seine Auftraggeber. Tango ging davon aus, dass in seinem toten Briefkasten in Stuttgart zusätzlich eine Prämie auf ihn warten würde.

6 Deggendorf (Juli 2011)

„Ich hab die Schnauze gestrichen voll von Eduardo!", fuhr Gustav Schramm wütend fort.

Seit gut einer Stunde erregte sich Gustav Schramm heftig über seinen Schwiegersohn Eduardo Ebollito. Seine Tochter Karla saß in ihrem Rollstuhl und hörte ihm unruhig zu.

„Ich habe nächsten Montag einen Termin beim Notar. Dann wird das Testament geändert. Damit das klar ist! Eduardo bekommt keinen Cent von meinem Geld. Und Du auch nicht! Sollte ich vor Dir sterben, geht mein ganzes Geld in eine Stiftung. Aus dem Stiftungsvermögen wird für Dich gesorgt werden. Aber Eduardo bekommt keinen Cent daraus. Das verspreche ich Dir, mein Kind. Karla, Du musst Dich von ihm scheiden lassen! Der ruiniert Dich sonst noch völlig."

„Vater, bin ich nicht schon völlig ruiniert? Sieh mich doch an! Seit zehn Jahren sitze ich jetzt im Rollstuhl. Seit dem Reitunfall komme ich ohne fremde Hilfe nicht mehr aus dem Haus. Und mein Mann Eduardo betrügt mich ständig mit neuen Frauen. Wenn er nicht von unserem Geld abhängig wäre, hätte er mich schon längst verlassen."

„Du musst den Typen rausschmeißen! Je früher, desto besser. Lass unseren Anwalt das machen, mein Kind!"

„Nein, Vater! Wenn ich mich scheiden lasse, habe ich gar niemanden mehr."

„Karla, Du musst Dich endlich entscheiden, was Du willst. Auf der einen Seite erzählst Du mir, Du liebst Eduardo. Auf der anderen Seite betrügt er Dich nach Strich und Faden mit anderen Weibern. Das passt doch nicht zusammen."

„Vater, ich liebe Eduardo. Versetz Dich doch mal in seine Lage. Als wir vor fünfzehn Jahren geheiratet haben, hat er eine aktive Frau geheiratet, der er jeden Wunsch von den Lippen abgelesen hat. Seit zehn Jahren bin ich ein körperliches Wrack. Im Bett kann ich ihm nicht das geben, was er braucht. Das muss er sich bei anderen Frauen holen. Ich habe dafür ein gewisses Verständnis, gerade weil ich ihn liebe."

„Karla, merkst Du eigentlich, was für ein wirres Zeug Du da redest? Liebe? Der Typ nimmt Dich aus! Wenn er Dich liebt, dann macht er seine Weibergeschichten nicht so öffentlich. Eduardo hat aber mittlerweile jeden Anstand verloren. Und Du hältst immer noch zu ihm wie ein verliebtes Schulmädchen. Manchmal glaube ich, Eduardo hat Dich überhaupt nur wegen Deines oder - besser gesagt - wegen meines Geldes geheiratet. Und von seinen krummen Geschäften willst Du auch nichts hören. Von wegen Immobiliengeschäfte. Ich habe mich umgehört in München. Seine Geschäftspartner haben gar keinen guten Ruf in der Branche. Geldwäsche, Drogen, Prostitution. Wenn nur die Hälfte davon stimmt, was mir ein Kollege gesteckt hat, wird mir schlecht. Wie dem auch sei. Am Montag gehe ich zum Notar. Dann ziehe ich zwischen unserem Geld und diesem Gangster eine Brandmauer ein. Karla, denk drüber nach! Dem traue ich alles zu. Lass Dich scheiden! Lieber ein Ende mit Schrecken, als ein Schrecken ohne Ende. Denk drüber nach! Du weißt, ich will immer nur das Beste für Dich."

„Vater, vielleicht hast Du ja Recht.

„Na gut. Eventuell gibt es ja auch noch andere Lösungen."

Eine andere Lösung hatte Gustav Schramm bereits vor mehreren Wochen geprüft. Nach diesem Gespräch mit seiner einzigen Tochter war er sich sicher, dass er eventuell zu dieser Maßnahme gezwungen sein würde.

7 Stuttgart (Juli 2011)

„Scheiße!", fluchte Zacharias Steidler, nachdem ihm der Kolbenring seiner BMW abgerutscht war und in der Tiefe der Abschmiergrube verschwunden war.

Seit knapp zwei Stunden versuchte er nun schon, den Motor seiner BMW R 90 S, Baujahr 1975, zusammenzusetzen. Es fehlte nur noch der linke Zylinder des BMW-Boxers. Dieser machte - ganz im Gegensatz zu seinem rechten Pendant - aber Zicken. Eigentlich hatte Zacharias Steidler sich schon auf die nächste Ausfahrt mit seinem Oldtimer-Motorrad gefreut. Wie es jedoch eben aussah, würde das am heutigen Nachmittag nichts mehr werden. Zacharias Steidler stieg hinunter in die Abschmiergrube der Werkstatt und fummelte den Kolbenring aus der Ecke heraus. Mit einem weichen Lappen säuberte er das Bauteil vor dem nächsten Einbauversuch. Er war so konzentriert bei der Sache, dass er gar nicht bemerkt hatte, dass Rosa Pietsch, seine Vermieterin, ihn schon geraume Zeit dabei beobachtete.

„Zacharias, Du solltest mal eine Pause einlegen. Mein Schmandkuchen ist fertig. Den isst Du doch so gern", säuselte sie mit ihrer weichen Stimme.

„Das ist vielleicht gar keine so schlechte Idee. Der linke Zylinder fuchst mich eh gerade. Ich komme gleich rein zu Dir, Rosa", antwortete Zacharias Steidler und warf einen flüchtigen Blick in ihre Richtung.

„Aber nur ein Stück Kuchen!", dachte er, als er Rosa Pietsch hinterher schaute, wie sie zum Eingang ihrer Erdgeschosswohnung ging.

Seit etwa vier Jahren wohnte Zacharias Steidler nun schon in der Daimlerstrasse im Haus von Frau Pietsch. Ihr Mann war vor gut acht Jahren an Krebs gestorben. Da sie keinen Nachfolger für den kleinen Schlosserbetrieb ihres Mannes gefunden hatte, stand die Werkstatt leer. Für Zacharias Steidler war dieser Umstand ein Glücksgriff gewesen, denn neben der Vierzimmerwohnung im dritten Stock konnte er auch die Werkstatt mieten, in der er genug Platz für seine Fahrzeuge hatte. In der Werkstatt konnte er an seiner alten BMW basteln und seinen VW Bully unterstellen. Und die Werkbank war noch so gut ausgestattet, dass er für seine Restaurierungsarbeiten bis auf das eine oder andere fehlende Spezialwerkzeug damit gut auskam.

Rosa Pietsch war mittlerweile achtundvierzig Jahre alt und immer noch allein stehend. Obwohl sie auf ihr Äußeres penibel achtete, hatte sie auf dem Stuttgarter Singlemarkt noch keinen passenden Mann aufgegabelt. Zacharias Steidler war sich nicht ganz sicher, ob sie überhaupt an einer neuen Beziehung interessiert war, denn wirtschaftlich war sie völlig unabhängig und für ihr körperliches Wohlergehen konnte sie sich bei ihrem Aussehen ab und zu eine entsprechende Dienstleistung gönnen, ohne Verpflichtungen einzugehen.

Nach einem gemütlichen Abend bei gutem Essen und einer Flasche Chianti landeten Zacharias Steidler und Rosa Pietsch in deren ungenutztem Ehebett. Zacharias Steidler hatte in der Folge nichts gegen eine spontane Nummer mit seiner Vermieterin einzuwenden gehabt, investierte aber außer seiner Manneskraft nichts weiter in diese Treffen. Das war sicher auch der Grund dafür, dass Rosa Pietsch Ramona Klingler bei deren gelegentlichen Besuchen argwöhnisch beäugte, obwohl Zacharias Steidler hinterher jedes Mal glaubhaft versicherte, mit Ramona Klingler nicht liiert zu sein.

Heute bleib es bei einem Stück Schmandkuchen. Auch wenn Rosa Pietsch noch mehr angeboten hätte. Gegen 20.30 Uhr drehte Zacharias Steidler den Zündschlüssel seiner BMW und drückte den Elektrostarterknopf. Mit einer leichten Verzögerung sprang die Maschine an und fiel in einen gleichmäßigen Leerlauf.

8 Stuttgart (Juli 2011)

Zacharias Steidler loggte sich in sein E-Mailpostfach ein. Drei neue Nachrichten waren enthalten. Ein Name machte ihn besonders neugierig. Seit knapp zehn Jahren hatte er nichts mehr von Franz Schubert gehört. Sie waren zusammen in Viechtach auf das Dominicus-von-Linprun-Gymnasium gegangen und hatten 1991 dort Abitur gemacht. 2001 war das letzte Abi-Treffen gewesen. Seit damals hatte Zacharias Steidler keine Verbindung mehr zu Franz Schubert gehabt. So wie zu den meisten seiner Mitschüler.

„Hallo Steidie, altes Haus! Am 24. September ist es wieder soweit. Zwanzig Jahre nach unserem Abitur wollen wir uns wieder einmal in Viechtach in unserer Schule treffen. Ich habe mich bereit erklärt, das Treffen zu organisieren. Du bist einer der letzten, deren Erreichbarkeit mir lange noch gefehlt hat. Melde Dich bitte und sag mir, ob Du Lust auf ein Wiedersehen hast. Ich schicke Dir dann das geplante Programm. Gruß Schubie!", stand in der E-Mail.

„Der Schubie!", dachte Zacharias Steidler.

Franz „Schubie" Schubert war beim letzten Treffen vor zehn Jahren beim Finanzamt in Straubing beschäftigt gewesen, so wie das jetzt anscheinend immer noch der Fall war. Zacharias Steidler hatte damals 2001 gerade seine Karriere bei der bayerischen Polizei beendet. Nach einem missglückten Polizeieinsatz unter seiner Leitung, bei dem zwei seiner Beamten während eines Zugriffs ums Leben gekommen waren, musste Polizeirat Dr. phil. Zacharias Steidler seine Polizeimütze an den berühmten Nagel hängen. Zum Glück hatte er als Leiter eines Sondereinsatzkommandos Kontakte zu Sicherheitsunternehmen geknüpft und dort manchmal deren Personenschützer taktisch und psychologisch geschult. Seit einigen Jahren gehörte er nun schon zur

Stammbelegschaft von IntSec. Dieser Job war zwar kein Zuckerschlecken, aber genau nach dem Geschmack von Zacharias Steidler. Und seit ein paar Jahren hatte er auch einen lukrativen Nebenjob als Auftragsmörder Tango angenommen. Um Geld musste Zacharias Steidler sich also wahrlich keine Sorgen machen. Eher musste er sich mit der Frage auseinandersetzen, wie lange er noch fitt genug sein würde, zumindest für den Job bei IntSec. Und dass es dabei auch mal ganz schnell ganz zu Ende gehen konnte, hatten seine Kollegen Jack Saldo und Sam Petucci erst kürzlich erfahren müssen. Damit hatte Zacharias Steidler aber keine Probleme. Dachte er jedenfalls.

„Hallo Schubie! Schön, mal wieder etwas von Euch zu hören. Wie geht es denn den anderen so? Hast Du mittlerweile alle erreicht? Kommen denn alle zu dem Abi-Treffen? Ich melde mich schon mal an. Ich muss zwar in meiner Firma noch abklären, ob ich im September ein paar Tage frei bekomme, denke aber schon, dass es klappen wird. Wenn ich nicht gerade im Ausland bin. Gruß Steidie!", schrieb Zacharias Steidler zurück.

Es war nun schon etliche Jahre her, dass er mit seinem Spitznamen Steidie angesprochen wurde. Zuhause nannten ihn alle nur Zacharias oder kurz Zach. In der Schule wurde er von allen Mitschülern Steidie gerufen.

Zacharias Steidler war heute schon an seinem Fach bei Elektro-Gerber gewesen. Die zweite Hälfte seines Honorars plus eines Bonus in Höhe von 5000 Euro lag in seinem Fach. Seine Auftraggeber waren offensichtlich wieder sehr zufrieden gewesen. Zacharias Steidler hatte einen guten Ruf in der Branche. Und das schätzten seine Auftraggeber sehr. Bisher hatte er nur Erfolge abgeliefert und seine Aufträge erfüllen können.

Im Eingangsbereich des Kuffner-Hochhauses war ihm ein junger, blonder Typ aufgefallen. Nicht durch sein Äußeres. Zacharias Steidler hatte ungefähr zwanzig

Minuten in der Lobby telefoniert, als der blonde Typ das Hochhaus betrat und in den Fahrstuhl einstieg. Zacharias Steidler konnte noch sehen, dass er den Knopf für die oberste Etage gedrückt hatte, bevor sich die Fahrstuhltür schloss. Zacharias Steidler hatte es nicht eilig an diesem Tag und wartete bis der Blonde nach einer halben Stunde wieder in der Eingangshalle war. Er hatte sich kurz suchend umgeblickt, nachdem er den Fahrstuhl verlassen hatte. So, als ob er sichergehen wollte, dass er nicht verfolgt würde. Und genau wegen dieses Blicks folgte ihm nun Zacharias Steidler.

Kocherweg 12 stand an der Hausmauer. Der Blonde öffnete die Tür der Doppelhaushälfte mit einem Schlüssel und küsste die junge Frau, die offensichtlich schon auf ihn gewartet hatte. Kocherweg 12. Sein Kollege wohnte also in einer hübschen Doppelhaushälfte im Kocherweg 12. Und eine Familie hatte er anscheinend auch. Zumindest eine Frau. Kinder hatte Zacharias Steidler nicht gesehen.

Im Vorbeigehen las Zacharias Steidler das Türschild des Hauses ab. Die Namen Dr. phil. Peter Gerster und Amelie Weiß-Gerster waren in das Messingschild eingraviert.

„Dr. phil. Gerster", murmelte Zacharias Steidler mehrmals.

„Der Professor hat also einen weiteren seiner Studenten für den Job auserwählt. Peter Gerster muss ein intelligenter Student gewesen sein. So wie ich es gewesen bin", dachte Zacharias Steidler.

Zacharias Steidler war 1991 nach dem Abitur zur Polizei des Landes Bayern gegangen und hatte dort eine Ausbildung für die Laufbahn des höheren Dienstes durchlaufen. Durchlaufen – diese Bewertung traf sicherlich für die meisten der angehenden Polizeioffiziere damals zu. Zacharias Steidler dagegen absolvierte das anteilige Jurastudium in kürzester Zeit und durfte sogar noch das zweite Staatsexamen ablegen. Bei den Vorlesungen zum Themenbereich Einsatzethik hatte er den angesehenen Philosophie-Professor Ragnar Spengler gehört. Dabei war Professor Spengler auf den Musterschüler aufmerksam geworden und hatte ihm eine Doktorandenstelle angeboten. In seiner Freizeit legte Zacharias Steidler eine Arbeit zum Thema „Nationalsozialistische Darwinismustheorie im Lichte des Kantschen kategorischen Imperativs" vor, die mit Summa cum laude bewertet worden war und ihm den Doktortitel einbrachte. Lange Zeit hatte es keinen so begabten Polizeirat mehr bei der bayerischen Polizei gegeben. Polizeirat Dr. phil. Steidler spezialisierte sich auf die psychologischen Aspekte des Einsatzes von Mobilen Einsatzkommandos und Sondereinsatzkommandos der Polizei. Als Leiter eines SEK konnte er dazu auch praktische Erfahrung sammeln. Bis zu diesem einen Tag Ende 2000. Bis zu dem Tag, an dem Arno Pertler und Siegfried Rausch starben. Im Einsatz starben. Unter seiner Verantwortung starben. Ob das damals alleine sein Fehler gewesen war, der zu dem tödlichen Ausgang des Zugriffs geführt hatte, konnte nicht eindeutig ermittelt werden. Letztendlich stellte sich Zacharias Steidler seiner persönlichen Verantwortung, wie er es in der Theorie unendlich oft mit Professor Spengler diskutiert hatte. Und quittierte den Polizeidienst.

Zacharias Steidler ging zur nächsten Bushaltestelle und fuhr zu seiner Wohnung zurück. Noch geraume Zeit sinnierte er über Dr. phil. Gerster. Er schätzte ihn auf Anfang Dreißig. In diesem Alter war Zacharias Steidler schon ständiges Mitglied bei den „Aufrechten Philosophen", wie Professor Spengler seinen kleinen Zirkel nannte. Nur der Professor kannte alle Mitglieder persönlich, da die Kommunikation ausschließlich über ihn und elektronisch erfolgte und die Diskussionsbeiträge nur in einem Chatroom veröffentlicht wurden. Die

„Aufrechten Philosophen" hatten es sich zum Ziel gesetzt, die Welt ein klein wenig besser zu machen. Das unterschied sie nicht stark von anderen Syndikaten der Organisierten Kriminalität. Da aber auch sie anerkennen mussten, dass das eine große Aufgabe sein konnte, begannen sie unter der Führung von Professor Spengler damit, Deutschland etwas besser zu machen. Bei den Vorlesungen war der Professor gegen jegliche Denkverbote gewesen. Jede Lösung, jeder Tatbestand konnte diskutiert werden. Erst danach wurden Handlungsoptionen daraufhin abgeprüft, welches Maß an Schuld man bei ihrer Ausführung auf sich laden musste. Dadurch schieden regelmäßig die Vorschläge seiner Studenten aus, die gegen das Gesetz verstießen. Zumindest in der Öffentlichkeit des Hörsaals. Im Geheimen hatte aber Professor Spengler eine kleine Gruppe organisiert, die durchaus auch jenseits der Legalität ihre Ziele verfolgen konnte. Professor Spengler hatte in einem Chat einmal seine drei Stufen der Umsetzung definiert. Die Stufe eins diente der reinen Kapitalbeschaffung. Die Stufe zwei beinhaltete die Unterwanderung des gesellschaftlichen und politischen Lebens in Deutschland, um die richtigen eigenen Leute an die Schaltstellen der Macht zu bringen. In der dritten und höchsten Stufe sollte sich das Leben in Deutschland hin zu einem in der Welt angesehenen, aber vor allem sicheren Land entwickeln. Da für die Umsetzung der Ziele der „Aufrechten Philosophen" eine große Menge Geld erforderlich war, setzte Professor Spengler den aktuellen Schwerpunkt noch auf die Durchführung von Stufe eins. Auftragsmorde waren ein lukratives Geschäft, in welchem sich jeder aufrechte Philosoph erst bewähren musste, bevor er in der Hierarchie von Professor Spengler weiter aufsteigen konnte. Ehemalige Auftragsmörder hatten auch später ein großes Eigeninteresse an Geheimhaltung. Da war sich Professor Spengler ziemlich sicher.

9 Neuschönau (Juli 2011)

Obwohl in der Halle während der Podiumsdiskussion nicht geraucht werden durfte, herrschte ziemlich dicke Luft im Vortragssaal des Hans-Eisenmann-Hauses. Seit 15.00 Uhr diskutierten nun schon die Befürworter und die Gegner eines Einschlages von Borkenkäferholz im Nationalpark Bayerischer Wald miteinander. Alle Argumente waren vielfach vorgetragen worden. Von sachlich bis polemisch reichte dabei die Palette der Beiträge.

„Das ist doch ein Treppenwitz der Geschichte. Ausgerechnet im ersten deutschen Nationalpark findet das schlimmste Waldsterben statt!", ereiferte sich erneut Paul Grandner, der Sprecher der privaten Forstbesitzer des Landkreises Freyung-Grafenau.

„Wir dürfen die Dimension von Geschichte nicht auf einen Abschnitt von wenigen Jahrzehnten verengen. Natürlich gibt es im Nationalpark viele tote Bäume. Aber Geschichte hat auch eine eigene Dynamik. Der Borkenkäfer tötet heute die Fichten und schafft dadurch Platz für eine natürliche Verjüngung des Waldes. Sehen wir uns doch die jungen Bäume an, die gesund zwischen den toten Alten aufwachsen können", versuchte Forstdirektor Franz Klein dagegen zu halten.

„Aber nicht auf Kosten der kleinen Leute! Wenn der bayerische Staat sich leisten kann, untätig zuzusehen, wenn der Borkenkäfer Holz im Wert von mehreren Millionen Euro vernichtet, ist das schon ein Frevel am bayerischen Staatsvermögen. Wenn aber durch die Untätigkeit der Parkverwaltung die angrenzenden Waldbesitzer die Grundlage für ihre über Generationen gewachsene, nachhaltige Forstwirtschaft verlieren, dann nenne ich das schlichtweg eine Sauerei!", setzte Paul Grandner noch Einen drauf.

Heftiger Beifall der privaten Waldbesitzer honorierte den Vortrag ihres Sprechers.

„Meine Herren, das lasse ich jetzt mal als Unmutsäußerung so stehen. Vom wissenschaftlichen Standpunkt aus betrachtet müssen wir natürlich sehen, dass es sich um einen Prozess handelt, der durch menschliches Eingreifen nur bedingt steuerbar ist. Wenn wir die Ziele des Nationalparks im Auge behalten wollen, dann müssen wir anerkennen, dass ein naturbelassener Urwald auch Entwicklungen nimmt, die wir so nicht vorhergesehen haben. Bei aller Erfahrung, die wir in den letzten vierzig Jahren vor Ort sammeln konnten“, versuchte nun Dr. Julia Wacker, die wissenschaftliche Leiterin des Nationalparks die Diskussion wieder auf die Sachebene zu bringen.

„Blödsinn!“ und „Sie haben leicht reden!“, waren die Kommentare, die sie für diese Aussage erntete.

Den Zwischenruf „Rote Hexe!“ aus der hinteren Reihe hatte sie ignoriert. Seit Wochen war Julia Wacker für die privaten Forstbesitzer das Gesicht von akademischer Besserwisserei und Arroganz der Zugereisten. Ihre rot gefärbten Haare hatten ihr in einem erbosten Leserbrief in der Grafenauer Zeitung den Kosenamen „Rote Hexe von Neuschönau“ eingebracht. Aber zaubern konnte auch Julia Wacker nicht. Sonst hätte sie sich sicherlich an einen ruhigeren Ort gezaubert, als es der Hexenkessel im Hans-Eisenmann-Haus momentan war.

Endlich beschloss der Moderator des Bayerischen Rundfunks mit dem Verweis auf die abgelaufene Sendezeit die Diskussion zum Thema Waldsterben. Den Lärmpegel konnte damit jedoch nicht sofort herunterregeln. Es dauerte noch eine halbe Stunde, bis die letzten Teilnehmer gegangen waren.

Julia Wacker saß da schon wieder in ihrem Büro im Verwaltungstrakt des Hans-Eisenmann-Hauses. Zwei SMS hatte sie während der Diskussion nicht lesen können. Franz Schubert schrieb: „Hallo Julia, für das Treffen ist alles klar. Freu mich. Hab auch die letzten Verschollenen ausgegraben. Keine Angst, sie leben alle noch. Auch Steidie hat mir zugesagt. Gruß Schubie."

„Steidie!", flüsterte sie.

Die zweite SMS brachte Julia Wacker nicht zum Flüstern.

„Hallo Julia, überlege es Dir. BITTE! Schick mir bitte die unterschriebenen Scheidungspapiere zu. Du kannst Dir sicher vorstellen, dass Angela kein Verständnis für Deine Haltung aufbringt. Wir sind jetzt schon so lange getrennt. Lass uns doch endlich einen Strich drunter ziehen und unsere Ehe im Guten beenden. Ich bin erst wieder in zwei Wochen in Deutschland. Wir müssen das Projekt in Kolumbien noch abschließen. BITTE Julia! Ich kann nicht mehr länger warten. Ich melde mich wieder! Gruß Paul."

„Arschloch!", kommentierte Julia Wacker die SMS ihres Noch-Ehemanns.

„Deine Angela ist mir scheißegal! Vergiss es! Gruß Julia", tippte sie als Antwort in ihr Handy und drückte auf Senden, ohne groß darüber nachzudenken.

Das Verständnis von Angela, der neuen Lebensgefährtin und Kollegin ihres Noch-Ehemanns Paul Wacker für ihre Haltung interessierte Julia Wacker wirklich nicht im Geringsten. Vor fünf Jahren hatte Paul Wacker Angela Burton bei einem Symposium in Buenos Aires kennen und lieben gelernt. Ihr gemeinsames Interesse an der südamerikanischen Tierwelt hatten beide schon am ersten Abend des Symposiums entdeckt. Nur zu gerne nahm Paul Wacker anschließend ein Angebot an, im kolumbianischen Urwald die Folgen des Holzeinschlags auf die einheimische Flora und Fauna zu erforschen. Als Julia Wacker unerwartet seine Begeisterung für dieses Projekt nicht teilen wollte, ging er alleine nach Übersee. Wie das zufällig auch die Biologin Angela Burton tat. Schon bei ihrem ersten Besuch in Kolumbien reiste Julia Wacker mit der Erkenntnis zurück nach Deutschland, dass sie ihren Mann an die hübsche Kollegin verloren hatte.

Seit Wochen bat Paul Wacker darum, in die Scheidung einzuwilligen. Genauso lange weigerte sich Julia Wacker, das zu tun. Warum, wusste sie auch nicht so genau. Aber das Motiv Rache reichte ihr schon, um es einfach nicht zu tun.

Von einem gemeinsamen Bekannten wusste Julia Wacker, dass Angela Burton schwanger war und es in ihrem streng religiösen Elternhaus nicht akzeptabel war, ein uneheliches Kind zur Welt zu bringen.

„Selbst Schuld, lieber Paul!“, murmelte sie triumphierend.

Erst jetzt sah sie auf ihrem Schreibtisch den Briefumschlag, der am Vormittag noch nicht da gelegen hatte. Kein Absender. Als Anschrift waren nur ihr Name und das Hans-Eisenmann-Haus in Druckbuchstaben aufgebracht. Mit einem Brieföffner schlitzte sie den Umschlag auf. Ein weißes Blatt Papier kam zum Vorschein.

„Brennen sollst Du rote Hexe von Neuschönau!“, war zu lesen.

Der Urheber hatte die einzelnen Buchstaben offensichtlich aus Zeitungen ausgeschnitten und die Worte in drei Reihen untereinander aufgeklebt. Wie beim letzten Brief dieser Art, fehlte ein Hinweis auf den Verfasser. Julia Wacker legte den Brief in eine Schreibtischschublade, in der sie ihre „Fanpost“ aufbewahrte.

„Julia, wie lange bleibst Du noch?“, wollte der Park-Ranger Sebastian Grill wissen.

„Sebastian, wenn Du kurz wartest, komme ich noch mit zum Elch-Gehege“, gab sie als Antwort zurück.

Das neue Elch-Gehege im Tierfreigelände war ihr in diesem Moment wichtiger, als alle Pauls und Hexen.

10 Stuttgart (August 2011)

Zacharias Steidler lag auf seinem Designersofa und studierte aufmerksam die Unterlagen, die er vormittags aus seinem Fach im Kuffner-Hochhaus geholt hatte. Er grübelte.

„Konnte das Zufall sein?", fragte er sich.

„Hallo Tango! Schön, dass Sie es wieder einrichten konnten", begann das Begleitschreiben mit dem üblichen freundlichen Tenor.

Die Zielperson wurde beschrieben. Fünf Bilder lagen bei. Zacharias Steidler betrachtete sie und legte sie wieder auf den Glastisch.

Mit „Unsere Auftraggeber möchten den Auftrag bis Ende September ausgeführt haben und eine weitere Bedingung lautet: ‚Lassen Sie es wie einen Unfall aussehen!' Viel Erfolg!", endete das Schreiben.

„Lassen Sie es wie einen Unfall aussehen!", murmelte Zacharias Steidler.

Diese Auflage war nicht ungewöhnlich, wollten doch weder er noch seine Auftraggeber, dass nach erfülltem Auftrag die Polizei übertriebene Anstrengungen unternimmt, um den Tod der Zielperson aufzuklären und den Täter oder die Hintermänner der Tat dingfest zu machen. Was den Täter anging, hatte Zacharias Steidler keinerlei Interesse, dass seine ehemaligen Kollegen einen Ermittlungserfolg erzielen konnten.

Zacharias Steidler studierte wieder das Photo. Ein Hochzeitsphoto, wie er schon unzählige gesehen hatte. Es gab zwar keins mit ihm als Bräutigam, aber das hatte ihn bisher nicht gestört. Dieses Photo unterschied sich von den bisherigen Photos von Zielpersonen. Nicht, weil die Zielperson in Hochzeitskleidung abgebildet war. Auf diesem Photo war zum ersten Mal eine Person abgebildet, die er kannte. Sehr gut kannte. Mit der Person auf dem Photo zusammen das Gymnasium besucht hatte. Mit der Person auf dem Photo früher befreundet gewesen war.

Dieser Auftrag war anders. Anders als die bisherigen Aufträge. Zum ersten Mal sollte er einer Person großes Leid zufügen, die er früher einmal sehr gut kannte. Und er sollte diesen Auftrag in seiner Heimatregion ausführen, die bisher nicht sein Arbeitsumfeld gewesen war. Und das Ganze sollte bis Ende September erledigt sein. Und genau zu dieser Zeit wollte er vor Ort sein, um sein Klassentreffen zu besuchen. Dieser Auftrag würde eine neue Strategie erfordern. Weil er diese eine Person auf dem Photo kannte. Zacharias Steidler überlegte, ob er den Auftrag überhaupt bestätigen sollte.

„War das Zufall? War das Schicksal? War das eine Prüfung? Konnte nicht Kollege Gerster den Auftrag leichter ausführen? Mit weniger Emotionen?"

Zacharias Steidler dachte darüber nach. Er durchwühlte seinen Schreibtisch, bis er die Erinnerungen an seine Schulzeit ans Tageslicht befördern konnte. Seine Zeugnisse legte er unbesehen beiseite. Er nahm den Jahresbericht des Dominicus-von-Linprun-Gymnasiums in die Hand und blätterte bis zur Abiturklasse des Jahres 1991. Alle waren sie auf dem Photo drauf. Der Kollegstufenbetreuer, der Schulleiter und alle Abiturientinnen und Abiturienten. Er legte den Bericht auf seinen Kopierer und machte sich einen Abzug von der Seite mit dem Photo. Auf der Kopie kreiste er eine weibliche Person ein und steckte das Blatt in den Umschlag mit dem großen T darauf.

Nachdem Zacharias Steidler seinen Schreibtisch wieder aufgeräumt hatte, loggte er sich an seinem Laptop ein und schickte eine Nachricht an seine Auftraggeber.

„Bestätigt! Tango", war der knappe Text.

Mehr mussten seine Auftraggeber nicht wissen.

11 Viechtach (Mai 2011)

Franz Schubert parkte seinen Audi A 3 vor dem Eingang zum Sporthotel St. Anton am Pfahl und ging an der Rezeption vorbei ins Büro von Petra Dellmann, der Besitzerin.

„Hallo, Petra! Was schaust Du denn so traurig?"

„Mir steht es bis hier", antwortete sie und deutete mit einer Handbewegung ihren Pegelstand an der Oberkante ihrer Unterlippe an.

„Ist es so schlimm?"

„Schlimm? Schlimm ist gar kein Ausdruck. Wenn das so weiter geht, können wir das Hotel Ende des Jahres zumachen. Die Bank hat uns noch einen letzten Kredit verlängert. Dann ist Schluss."

„Aber die Geschichte mit unserem Abi-Treffen steht doch noch, oder?", fragte Franz Schubert seine ehemalige Mitschülerin.

„Doch, doch. Das ist ein kleiner Lichtblick am Horizont. Wenn wir diese Übernachtungen am letzten Septemberwochenende nicht hätten, würde es noch düsterer aussehen, als es eh schon aussieht. Wie viele Anmeldungen hast Du denn schon?"

„Bisher haben 65 geantwortet. Von denen wollen 32 bei Dir im Hotel übernachten. Die anderen wohnen noch in der Nähe oder übernachten bei ihren Eltern oder Verwandten. Vier fehlen mir noch. Entweder habe ich ihre Anschrift noch nicht oder sie haben noch nicht geantwortet. Mehr habe ich zum jetzigen Zeitpunkt noch nicht. Kann ich Dir sonst irgendwie helfen?"

„Nein. Du hilfst mir schon, indem Du die Übernachtungen für das Abi-Treffen bei mir im Hotel buchst. Das ist zwar nur ein Tropfen auf den heißen Stein. Aber momentan greife ich nach jedem Strohhalm, den ich erwischen kann."

„Und was sagt der Werner dazu?"

„Hör mir auf mit dem Hallodri! Ich hätte mich nie mit ihm einlassen sollen. Mit seinem Größenwahn ist er doch mitschuldig an dem ganzen Desaster. Als wir vor zehn Jahren den Hof von meinen Eltern übernommen haben, waren wir mit Nebenerwerbslandwirtschaft und ein bisschen Urlaub auf dem Bauernhof ganz erfolgreich. Bis Werner auf die Idee kam, die Landwirtschaft ganz an den Nagel zu hängen und aus dem Bauernhof ein Sporthotel zu machen. Zuerst ging das ja ganz gut. Als das Gewerbegebiet am Pfahl erweitert werden sollte, haben sie uns unsere Wiesen und Äcker für einen Spitzenpreis aus den Händen gerissen. Mit dem Erlös konnten wir den kompletten Umbau bar bezahlen. Aber da hatte Werner schon seinen ersten Anfall gehabt. Es mussten ja unbedingt noch ein großer Wellnessbereich und ein Fitness-Center mit dazu. Und damit haben wir uns dann überhoben. Wir konnten zwar noch alles bezahlen, aber die laufenden Kosten sind nicht mehr hereingekommen. Das Sporthotel ist nur in wenigen Wochen des Jahres ausgebucht und das Fitness-Center wurde von der Kundschaft gar nicht angenommen. Seit zwei Jahren gammeln die teuren Geräte vor sich hin.“

„Und was sagt Dein Steuerberater dazu?“

„Der rät mir schon lange, mit Werner getrennte Kasse zu machen und mit dem Sporthotel bei einer Hotelkette unterzuschlüpfen. Wir hatten auch schon zwei Angebote. Aber der Werner war jedes Mal dagegen, weil er dann Angestellter im eigenen Hotel wäre und nicht mehr den großen Max machen könnte. Am liebsten würde ich ihn rausschmeißen!“

„Und warum machst Du es dann nicht?“

„Er geht nur, wenn ich das Finanzielle übernehme. Da kann ich mir gleich einen Strick nehmen. Wäre vielleicht eh das Beste. Mit dem Geld aus meiner Lebensversicherung könnten unsere Töchter dann die Schulden begleichen und ganz neu anfangen.“

12 Bayerischer Wald (September 2011)

Zacharias Steidler bog kurz hinter Patersdorf von der B 85 ab und folgte der geteerten Kreisstrasse bergauf. Nach weiteren drei Kilometern gabelte sich die Strasse. Zacharias Steidler hielt kurz an und betrachtete das verblasste Schild, das die Bushaltestelle als solche markierte. Bis hierhin war zu seiner Schulzeit der Bus der Regentalbahn AG hochgefahren und hatte die Schüler aus diesem abgelegenen Winkel des Landkreises Regen eingesammelt und nach Viechtach zur Schule und zurück gebracht. Zumindest im Sommer. Und im Winter, wenn die Strasse ausreichend vom Schnee geräumt war, der in diesen Lagen gewöhnlich ab Mitte November reichlich fiel.

Zacharias Steidler folgte dem nun schmaler werdenden Teerweg nach links. Der Waldweg war jetzt so schmal, dass zwei Personenwagen gerade noch schadlos aneinander vorbei fahren konnten. Breitere Gefährte mussten die Ausweichstellen nutzen, die etwa alle vierhundert Meter eingebaut waren. Der Weg führte auf eine Lichtung. Zacharias Steidler verlangsamte die Fahrt seines Motorrades. Rechts am Waldrand stand ein schon in die Jahre gekommenes Bauernhaus, dessen Erdgeschoss aus unverputzten Feldsteinmauern bestand. Erster Stock und Dachgeschoss waren in Holzblockbauweise ausgeführt. Eine steinerne Brandmauer überragte den Giebel des Wohnhauses um etwa einen Meter und trennte den Viehstall und die angebaute Scheune ab.

Links des Weges konnte er die Mauerreste eines weiteren Hauses erkennen. Sie ragten wie die kariösen Zahnstümpfe eines schlecht gepflegten Gebisses aus der sie umgebenden Wiese heraus. Von der Ruine war noch die halbe Höhe eines ehemaligen Erdgeschosses zu erkennen, aus dessen Zimmern bereits deutlich übermannshohe Birken- und Ahornbäume heraus stachen.

Daneben bildete ein mit einem Lattenzaun umfriedeter Bauerngarten mit seinem Blütenmeer und dem satten Grün des Gemüses einen starken Kontrast zu dem schon seit Jahren dahin siechenden Trümmerhaus.

Der Teerweg verließ jetzt den Wald und durchschnitt die große Lichtung, auf der das Anwesen stand. Erst jetzt fielen die Holzmasten auf, welche schon die ganze Zeit Zacharias Steidler Spalier gestanden hatten und deren eigentliche Aufgabe darin bestand, die Telefonleitung oberirdisch an diesen einsamen Ort zu bringen, um eine Verbindung zur Außenwelt herzustellen.

„Schau, Opa, das ist der Zacharias!“, erkannte ihn die alte Frau sofort, die zusammen mit ihrem Mann auf der Bank vor dem Bauernhaus saß.

„Der Zacharias?“, fragte der alte Mann ungläubig nach und setzte seine Brille auf, die vor ihm auf der aufgeschlagenen Zeitung gelegen hatte.

„Der Zacharias!“, bestätigte er nun.

„Grüß Dich, Tante Herta. Grüß Dich, Onkel Hans“, begrüßte Zacharias Steidler seine Verwandten.

„Du warst aber lange nicht mehr bei uns. Wo warst Du denn immer, mein Junge?“, eröffnete Herta Steidler sofort ihre Fragerunde.

„Bist Du immer noch bei der Polizei in München?“, legte sie nach, ohne die erste Antwort abzuwarten.

„Bist schon ein hohes Tier bei der Polizei oder, Zacharias? Das hätte Deine Eltern sicher gefreut, wenn sie das noch erlebt hätten.“

„Nein, Tante Herta, ich bin schon seit ein paar Jahren nicht mehr bei der Polizei.“

„Hat es Dir nicht mehr gefallen dort in München? Die Großstadt wäre für mich auch nichts. Und was machst Du jetzt? Man hört ja gar nichts von Dir. Und erreichen kann man Dich auch nicht. Nicht mal anrufen kann man Dich.“

„Ja, weißt Du, Tante Herta, ich bin ein paar Mal umgezogen, seit ich nicht mehr bei der Polizei bin. Warte, ich gebe Dir meine Telefonnummer", beantwortete Zacharias Steidler den ersten Teil des Fragenkatalogs seiner Tante, zog eine Visitenkarte aus der Brusttasche seines Sommerhemdes und legte sie auf den Tisch.

„Dr. phil. Zacharias Steidler, Sicherheitsberater, Mobiltelefon 0175-......", las Herta Steidler laut vor.

„Was bist Du denn für ein Doktor?", wollte sie nun genauer wissen.

„Doktor der Philosophie."

„Und, kann man von der Philosophie gut leben?"

„Von der Philosophie direkt nicht."

„Das ist aber eine seltsame Philosophie, wenn man sie nur studiert und dann nicht von ihr leben kann."

„Weißt Du, Tante Herta, der Doktortitel macht halt was her und die Philosophie habe ich für mich studiert."

„Ach so. Und was machst Du so als Sicherheitsberater? Verdienst Du wenigstens da gutes Geld?"

„Ja, Tante Herta, davon kann ich ganz gut leben."

„Hast Du eine Familie? Eine Frau? Kinder?"

„Nein, Tante Herta."

„Dann hat Dir Deine Philosophie da auch nicht weitergeholfen, was?"

„Herta, lass doch den Jungen erst einmal Platz nehmen. Zacharias, setz Dich her zu uns. Magst Du eine Flasche Bier?", mischte sich Hans Steidler ein, der sich bisher zurückgehalten hatte, so wie er das meistens tat, wenn seine Ehefrau einen Gast „verhörte", den sie längere Zeit nicht gesehen hatte.

Und längere Zeit war im Fall ihres Neffen über sechzehn Jahre gewesen.

„Du trinkst immer noch das Bürgerbräu aus Regen", stellte Zacharias Steidler fest, als er das Etikett der Bierflasche betrachtete.

„Warum soll ich denn wechseln, wenn es mir schmeckt?", antwortete sein Onkel.

„Stimmt! Kommt der Bierfahrer immer noch am Donnerstag?"

„Ja, der kommt immer noch jeden Donnerstag. Und es ist immer noch der Eicher Karl, den Du kennst."

Einige Dinge hatten sich in den vergangenen sechzehn Jahren nicht geändert. Tante Herta war immer noch gierig nach Neuigkeiten. Onkel Hans saß immer noch im Sommer auf der Bank vor dem Haus und las in Ruhe seinen Viechtacher Bayerwaldboten und trank das helle Bier aus Regen, das ihm der Bierfahrer jeden Donnerstag frei Haus hierher lieferte.

Zacharias Steidler leerte die Bierflasche und stellte die leere Flasche vor sich auf den Tisch.

„Unser Haus habt Ihr nicht mehr aufgebaut nach dem Brand."

„Nein. Für wen hätten wir das machen sollen? Du warst ja in München. Deine Schwester hat ihr Haus in Bogen draußen. Und auf unsere Einöde will von denen sowieso keiner heraufziehen. Ich bin ja schon froh, dass der Georg unseren Hof übernommen hat."

„Ist der Georg verheiratet?"

„Ja, aber seine Frau geht in die Arbeit nach Viechtach, deshalb wohnt er dort und kommt nur zum Arbeiten hier herauf. Das Milchvieh haben wir deshalb aufgegeben. Das macht zuviel Arbeit. Er hat zwei Mädchen, die Johanna und die Franziska. Zwei hübsche Mädchen."

Plötzlich näherte sich in schneller Fahrt ein Skoda-Geländewagen dem Anwesen und hielt neben dem BMW-Motorrad von Zacharias Steidler.

„Zacharias, sieht man Dich auch mal wieder?", begrüßte Georg Steidler seinen Cousin.

„Grüß Dich, Georg!"

„Du kommst gerade recht. Du kannst mir beim Heu helfen. Der Vater kann nicht mehr so gut mit der Heugabel umgehen. Hast Du überhaupt eine Arbeitshose dabei?"

„Georg, der Zacharias ist jetzt ein Doktor und arbeitet als Sicherheitsberater", unterbrach ihn seine Mutter.

„Ach so, Mama, hat man als Doktor keine Arbeitshosen mehr?"

„Gib mir einfach eine Latzhose von Dir, Georg. Die wird mir schon passen. Wo hast Du denn Dein Heu?", antwortete Zacharias Steidler.

„Ich habe gestern das Grummet auf der unteren Wiese pressen lassen. Die Heuballen müssen heute in den Heustadel. Es könnte regnen. Heute oder morgen."

Herta Steidler brachte ihrem Neffen eine blaue Latzhose, während ihr Sohn Georg bereits den Heuwagen an den Traktor ankuppelte. Kurz darauf saß Zacharias Steidler mit seinem Cousin und seinem Onkel auf der Deutz-Zugmaschine. Sie folgten mit ihrem Gespann einem schmalen Feldweg bis zur unteren Wiese. Dort fuhr Georg Steidler im Schritttempo an den gepressten Heuballen entlang, während sein Cousin diese mit einer Heugabel anstach und mit Schwung auf die Ladefläche des Heuwagens bugsierte. Vater Steidler ordnete dort oben die Ballen auf der Ladefläche so kunstvoll und geschickt an, dass ein gleichmäßiger Turm entstand, der entfernt an eine Maya-Pyramide erinnerte. Insgesamt elf Wagenladungen brachten sie so in den Heustadel, wo die Ballen sofort in einen Schober verstaut wurden.

Gegen 19.00 Uhr saßen sie zufrieden beim Abendessen. Georgs Frau Martha war inzwischen eingetroffen und hatte beim Herrichten der Brotzeit geholfen, während die beiden Töchter noch mit einem Ball auf der Wiese spielten.

„Für einen Doktor war das gar nicht schlecht, Zacharias", stellte Georg Steidler anerkennend fest.

„Ein Doktortitel heißt ja nicht gleichzeitig, dass man ein fauler Hund ist. Man arbeitet genauso. Vielleicht weniger körperlich.“

„Es kann ja auch nicht jeder auf das Gymnasium gehen. Wir brauchen ja auch Handwerker. Und von einem Doktortitel kann man auch nicht herunterbeißen, wenn man Hunger hat.“

„Stimmt, Georg!“, pflichtete Martha Steidler ihrem Mann zu.

„Jeder so wie es ihm am besten passt“, ergänzte Georg Steidler.

„Jetzt esst doch erst einmal. Ihr habt alle fleißig gearbeitet. Jetzt wird erst einmal gegessen“, beendete Herta Steidler die Unterhaltung.

Lange hatte Zacharias Steidler nicht mehr so gutes Bauernbrot und selbst geräuchertes Fleisch gegessen. Oder hatte er lange schon nicht mehr so anstrengende körperliche Arbeit verrichtet? Kam daher sein guter Appetit an diesem Abend? Oder war es die so vertraute Umgebung? Zacharias Steidler wusste es nicht. Und es war ihm auch gleichgültig. Die Nacht würde er heute bei seinen Verwandten verbringen, die er einige Jahre lang nicht gesehen hatte. Zu seinem Glück nahmen sie ihn so auf, wie er war. Den Fragenschwall seiner Tante Herta würde er schon überstehen.

„Wie lange bleibst Du denn, Zacharias?“, fragte Martha Steidler, als Herta Steidler begann, den Tisch abzuräumen.

„Bis Ende der nächsten Woche. Am letzten Samstag bin ich in Viechtach auf einem Klassentreffen. Wir haben vor zwanzig Jahren Abitur gemacht. Die meisten von damals habe ich auch Jahre schon nicht mehr gesehen. Ich bin gespannt, was aus denen geworden ist. Am Sonntag drauf fahre ich dann zurück nach Stuttgart. Ich habe nur diese zwei Wochen Urlaub.“

„Und was machst Du in Stuttgart?", wollte Herta Steidler endlich wissen, was sich hinter der Bezeichnung Sicherheitsberater auf der Visitenkarte von Zacharias Steidler verbarg.

„Ich bin als Sicherheitsberater tätig. Ich habe einen Vertrag mit einer international tätigen Firma und kümmere mich um Sicherheitskonzepte. Das reicht von technischer Absicherung von Anlagen bis zu Personenschutz für besonders gefährdete Personen."

„Dann kommst Du ja auch viel in der Welt herum?"

„Ja, das kann man so sagen. In letzter Zeit war ich oft im Irak und in Afghanistan. Dort hat meine Firma momentan die meisten Kunden."

„Du warst in Afghanistan? Da waren die Soldaten aus Regen auch schon und hatten drei Gefallene. Da haben wir doch gar nichts zu suchen, Zacharias!", warf Herta Steidler ein.

„Ich mache da nur meinen Job, Tante Herta. Warum die Soldaten dort sind, interessiert mich eigentlich nicht. Wahrscheinlich machen die dort auch nur ihren Job."

„Wir haben dort nichts verloren. Wofür sind die Drei gestorben. Kannst Du mir das sagen, Zacharias? Du kennst Dich doch aus in der großen Politik als Doktor, oder?"

„Tante Herta, ich glaube, die Soldaten müssen dort hin, weil unser Bundestag sie dort hingeschickt hat. Es gibt ein Mandat und wer seinen Beruf als Soldat ernst nimmt, muss hin, wenn er den Befehl dazu bekommt."

„Das ist doch alles der gleiche Käse wie damals im zweiten Weltkrieg. Euer Urgroßvater ist in Russland gefallen. Wofür das gut war, weiß ich bis heute nicht. Weil ein Wahnsinniger das befohlen hat, sind Millionen gestorben in einem sinnlosen Krieg. Wir hatten auch in Russland nichts verloren. Genauso wenig haben wir in Afghanistan etwas verloren."

„Tante Herta, Du hast wahrscheinlich Recht. Aber die Soldaten können sich das nun mal nicht aussuchen. Ich kann es nicht ändern.“

„Aber Du kannst es Dir aussuchen, oder?“

„Ja, das kann ich. Ich kann jederzeit Nein sagen und meinen Job hinschmeißen. Dann muss ich halt etwas anderes machen.“

„Geh da nicht hin, Junge! Da hinten haben wir nichts verloren.“

„Beruhige Dich, Tante Herta. Ich passe dort auf andere Menschen auf und kann auch auf mich ganz gut aufpassen. Mit passiert schon nichts.“

Solche Diskussionen hatte Zacharias Steidler schon häufig geführt. Aber noch nie in seiner eigenen Verwandtschaft. Es war ihm nicht gelungen, die Generation Tante Herta zu überzeugen. Musste er zum Glück auch nicht. Sie hatten ihr Leben. Zacharias Steidler hatte sein Leben. Und nur für kurze Zeit kreuzten sich ihre Lebensbahnen wieder.

Nach drei weiteren Bürger-Bräu hatte sich Zacharias Steidler ins Bett gelegt. Im ersten Stockwerk des Bauernhauses gab es mehrere, leer stehende Räume, die in früheren Zeiten als Unterkunft für die Dienstboten gebraucht worden waren. Die Zeit der Dienstboten war aber auf den Hängen des Bayerischen Waldes schon lange vorbei, selbst auf dem Steidlerhof, der nach dem Krieg einer der größten Höfe der Gegend gewesen war.

In einem dieser Zimmer stand ein Bett. Daneben ein zweiflügeliger Bauernschrank. An der Wand war ein raumhohes, breites Regal befestigt, in welchem Einweckgläser mit gelben Rüben, Bohnen und Gurken - für kommende schlechte Zeiten haltbar gemacht – gestapelt waren. Auf dem Boden reihten sich vier Glasballons aneinander. In zweien davon waren noch die Reste von Johannisbeeren zu erkennen. Die Früchte in den anderen beiden Gärbehältern sahen nach Schlehen aus, mussten also mindestens aus dem Vorjahr stammen. In der unteren Lage des Wandregals standen mindestens zwanzig Flaschen fein säuberlich aufgereiht, jede mit einem handgeschriebenen Etikett versehen. „Johannisbeerlikör 2008" konnte Zacharias Steidler von seinem Bett aus auf zwei Flaschen lesen.

Gegen 05.30 Uhr weckten ihn die ersten Sonnenstrahlen und das Vogelgezwitscher, das durch sein offenes Fenster zu ihm hereindrang. Zacharias Steidler zog sich an und schlich auf leisen Sohlen die Holztreppe nach unten. Aus seiner Jugend kannte er noch die Stellen der Treppe, an denen diese beim Auftreten gleichsam stöhnend knarzte. Mit zwei kraftvollen Schwüngen hangelte er sich am Geländer entlang nach unten, ohne die Treppe zum Stöhnen zu bringen. Von Tante Herta war noch nichts zu hören. Onkel Hans schlief wahrscheinlich auch noch in seinem Bierrausch.

Zacharias Steidler ließ das Anwesen hinter sich und folgte einem Feldweg zum nahen Waldrand. Dort hielt er inne und betrachtete andächtig die Gruppe von Totenbrettern, die dort zu beiden Seiten eines fünf Meter hohen Feldkreuzes aufgestellt waren. Der Gekreuzigte blickte mit traurigen Augen auf ihn herab. Auf kunstvoll bemalten Totenbrettern stand die Ahnengalerie seiner Familie vor Zacharias Steidler. Die stilisiert der Körperform eines Menschen nach geschnittenen und mit den Lebensdaten der Verstorbenen versehenen Holztafeln waren mit Reimaufschriften geschmückt. Die älteren Exemplare hatten dem Lauf der Zeit schon heftig Tribut zollen müssen. Die Inschrift darauf war teilweise nicht mehr lesbar und die Farbbemalung abgeblättert. Die ehemals bräunliche Maserung des Lärchenholzes der Totenbretter hatte sich – Wind und Wetter ausgesetzt – in ein majestätisches Silbrig-grau verwandelt.

Einige Menschen hatte Zacharias Steidler noch selbst gekannt. Auch für seine Eltern stand hier jeweils ein Totenbrett, so wie es der Brauch war.

„Ein Mutterherz hört auf zu schlagen,
Sie ertrug ihr Leid, ohne zu klagen.
Der Weg war schwer, der Weg war weit.
Ihr Lohn wartet in der göttlichen Ewigkeit.“

Unter diesem Sinnspruch standen noch „Gerlinde Steidler, geb. Pacher, Steidlerbäuerin“ und ihre Lebensdaten „20. November 1950 bis 11. August 1992“ auf dem Totenbrett seiner Mutter. Zacharias Steidler bekreuzigte sich und las leise den Spruch auf dem Totenbrett für seinen Vater.

„Der Sturm brauste in der Neujahrsnacht,
Blitz und Feuer sind allein in Gottes Macht!
Unverzagt rettete er sein Getier,
Er selbst ward ohne Rettung und liegt jetzt hier!“

Darunter „Barnabas Steidler, Steidlerbauer, 09. Mai 1945 bis 01. Januar 1996“. Es war ein stürmischer Silvester gewesen 1995. Nicht weil auf dem Steidlerhof so viel gefeiert worden war, sondern weil zwischen den Sturmböen helle Blitze ein natürliches Feuerwerk in den Neujahrsnachthimmel gezaubert hatten. Einer dieser Blitze schlug jedoch gegen 01.30 Uhr in den Stadel des Steidlerhofs ein. Binnen weniger Minuten brannte alles lichterloh. Barnabas Steidler konnte zwar die Kühe aus dem Stall treiben und auch die Schweine nach draußen in Sicherheit bringen. Als er aber noch den Traktor retten wollte, krachte das Gebälk plötzlich in sich zusammen und begrub den Steidlerbauern mitsamt seiner Zugmaschine unter sich. Er musste sofort tot gewesen sein. In jener Nacht „feierte“ Zacharias Steidler den Jahreswechsel in einer Polizeikaserne in München, wo er Bereitschaftsdienst gehabt hatte. Erst am nächsten Morgen konnte er nach Hause fahren, um sich das ganze Unglück anzuschauen.

Als Zacharias Steidler wieder zum Haus zurückkam, hatte seine Tante Herta schon den Frühstückstisch gedeckt. Er machte sich ein Honigbrot und trank eine große Tasse heißer Milch, so wie er das als Junge meistens getan hatte.

„Was machst Du heute noch, Zacharias?", begann Tante Herta mit ihrer morgendlichen Inquisition.

„Nachher werde ich von der Ramona abgeholt. Dann fahren wir nach Viechtach", unterbrach Zacharias Steidler kurz seine Kaubewegungen und antwortete ruhig.

„Was denn für eine Ramona? Von der hast Du noch gar nichts erzählt. Ist das Deine Freundin?"

„Ja, Tante Herta. Ramona ist meine Freundin. Sie lebt in Frankfurt. Wir gehen zusammen auf das Klassentreffen am übernächsten Wochenende."

„Und wann heiratet ihr?"

„Tante Herta, Ramona ist keine solche Freundin, die man gleich heiratet. Sie ist nur eine Freundin."

„Was ist denn das? Nur eine Freundin. Man kann doch nicht nur eine Freundin sein. Das gehört sich doch nicht. Was sollen denn die Leute über diese Frau denken? Was macht sie denn nachher, wenn Du sie nicht heiratest? Dann steht sie schön blöd da. Wer nimmt denn so eine noch?"

„Herta, jetzt lass doch den Zacharias erst mal in Ruhe essen. Der Junge weiß doch selbst, was für ihn am Besten ist. Und die Ramona wird es auch wissen. Sind doch schließlich erwachsene Menschen", mischte sich Hans Steidler wieder ein.

„Onkel Hans, lass gut sein. Tante Herta hat bestimmt Recht. Aber die Ramona kann Euch das gleich selber erklären, wenn sie möchte."

13 Viechtach (September 2011)

„Küss mich bei Deiner Ankunft innig", hatte Zacharias Steidler in seiner SMS an Ramona Steidler geschrieben, um der Diskussion über seine besondere Beziehung zu ihr nicht noch mehr Nahrung zu geben.

Nach einem kurzen Gespräch mit Tante Herta verabschiedeten sich Ramona Klingler und Zacharias Steidler von dessen Verwandten. Nachdem sie das BMW-Motorrad im Innenraum des VW Bully verzurrt hatten fuhren sie nach Viechtach, checkten dort im Sporthotel St. Anton am Pfahl ein und bezogen sofort ihr Zimmer.

Aufgrund der warmen Witterung hatten sie die Tür zum Balkon geöffnet, um etwas frische Luft hereinzulassen. Aus dem Nachbarzimmer drangen Quietschgeräusche einer Matratze und der keuchende Atem eines sich liebenden Paares so laut herüber, dass Ramona Klingler ihren eigenen Rhythmus auf Zacharias Steidler nicht finden konnte und enttäuscht ins Badezimmer verschwand. Erst unter dem heißen Strahl der Dusche konnten sie und Zacharias Steidler das angefangene Werk im Stehen vollenden.

Als sie beide gerade das Zimmer verließen, öffnete sich plötzlich die Tür des Nebenzimmers. Ein sportlicher Typ Mitte Vierzig kreuzte ihren Weg und verschwand schnellen Schrittes in Richtung Treppenhaus, ohne sich nach ihnen umzusehen. Zacharias Steidler konnte im Vorbeigehen den Namen Werner Dellmann auf dem Namensschild seiner Hoteltracht ablesen. Kurz darauf erschien auch die zweite Keuchende aus dem Nebenzimmer auf dem Flur. Zacharias Steidler musste schmunzeln, als er sie sah.

„Psst! Psst!", flüsterte er ihr beim Passieren ins Ohr.

Sie drehte sich um und sah ihn mit hochrotem Kopf an, als ob er sie bei Irgendetwas ertappt hätte.

„Die Bluse", flüsterte er kaum hörbar.

„Was ist mit der Bluse, mein Herr?", fragte sie etwas irritiert.

„Sie haben die Bluse verkehrt herum an."

„Mein Gott!", rief sie aus und lief in Richtung Treppenhaus davon.

„Auf was man nicht alles achten muss, wenn man ein Zimmermädchen vögelt", bemerkte Zacharias Steidler lapidar.

„Und - darf ich nochmal Dein Zimmermädchen sein, Zach?", hauchte ihm Ramona Klingler ins Ohr.

„Wenn Du möchtest. Jetzt werden wir auch nicht mehr gestört. Die Zwei sind offensichtlich schon bedient für heute."

Zacharias Steidler tippte den Code zum Öffnen der Zimmertür ein und fasste seine Partnerin bei der Hand. Mit einem kurzen Ruck schob er sie durch die Türöffnung, warf sie auf das Kingsizebett und begann sich selbst auszuziehen. Tatsächlich wurden sie nicht mehr gestört. Anschließend standen sie noch eine Weile auf dem Balkon ihres Zimmers.

„Da vorne. Diese weißen Felsen sind die Quarzfelsen des Großen Pfahls. Und das da ist die Kapelle St. Anton. Von ihr hat auch das Sporthotel seinen Namen bekommen. Und da vorne sieht man das Gymnasium. Den Anbau gab es zu meiner Zeit noch nicht. Im Sportunterricht sind wir oft am Pfahl entlang gelaufen. Bei der Kapelle haben wir meistens Gymnastik gemacht und sind dann wieder zurück. Die Grundstücke da hinten waren auch noch nicht bebaut. Das waren früher lauter landwirtschaftliche Flächen. Und da wo das Sporthotel jetzt steht, war früher der Kellerhof. Die Petra Keller war bei mir in der Klasse. Wir waren mal befreundet, sie hat aber dann den Werner Dellmann geheiratet", erläuterte Zacharias Steidler seiner Gefährtin das vor ihnen liegende Panorama.

„Werner Dellmann. War das nicht der Typ vorhin mit dem Zimmermädchen?"

„Ja, das war der Werner. Ich glaube, der hat mich gar nicht erkannt. Ich weiß nicht, ob die Petra im Bilde ist, was ihr Mann so alles treibt."

„Ich glaube schon. Eine Frau spürt das. Oder riecht das. Oder sieht das. Dem Zimmermädchen stand doch auf der Stirn geschrieben ‚Mein Chef hat mich gevögelt!'. Dieser Gesichtsausdruck ist doch nicht zu übersehen. Die kann ihrer Chefin doch jetzt die nächsten Stunden gar nicht ins Gesicht schauen."

„Du mit Deiner weiblichen Intuition. Und warum lässt Petra sich das gefallen? Sagt Dir Deine Intuition auch zu der Frage etwas?"

„Keine Ahnung. Vielleicht, weil sie keine andere Wahl hat? Ich weiß es nicht. Frag sie doch einfach!"

„Ich glaub, das ist keine gute Idee. Petra hat bestimmt genug Probleme am Hacken. Schubie hat mir erzählt, dass ihr finanziell das Wasser bis zum Hals steht. Bei einer Scheidung würde sie vor dem Ruin stehen. Deshalb lässt sie sich vielleicht von Werner mehr bieten, als ihr gut tut. Ramona, in Frankfurt wäre das sicherlich überhaupt kein Problem. Aber stell Dir vor. In einer Kleinstadt wie Viechtach wäre das ein gesellschaftlicher Skandal. Die ganze Familie wäre bloßgestellt. Eine Scheidung ist nicht so einfach. Dann lieber nach außen hin den Schein wahren und leise leiden. Aber lass uns lieber von etwas anderem reden. Wir müssen uns auch langsam zum Abendessen anziehen", beendete Zacharias Steidler das Gespräch über den Zustand der Ehe seiner ehemaligen Klassenkameradin.

Für einen Montagabend war es relativ voll im Restaurant des Sporthotels. Petra und Werner Dellmann saßen mit Zacharias Steidler und Ramona Klingler an einem ruhigen Tisch in der so genannten Kutscherstube. Petra und Zacharias plauderten lange über die gemeinsame Schulzeit und darüber, was wohl aus den anderen Abiturienten des Abschlussjahrgangs 1991 geworden sein könnte. Auch Petra Dellmann hatte nur noch zu wenigen ehemaligen Schulkameraden Verbindung gehalten. Zacharias Steidler war meist nur Zuhörer gewesen, da er seit dem letzten Klassentreffen nahezu nichts mehr mit den Anderen zu tun gehabt hatte.

Ramona Klingler langweilte sich dabei mit Anstand, so wie sie das in solchen Situationen gewohnt war. Werner Dellmann dagegen beschäftigte sich mehr damit, sein Weizenbierglas mehrfach zu leeren und Ramona Klingler mit steigendem Alkoholkonsum mit Blicken abzutasten. Sie widerstand jedoch seinen Flirtversuchen bisher mit stoischer, emotionsloser Freundlichkeit.

Gegen 23.00 Uhr standen Zacharias Steidler und Werner Dellmann gemeinsam am Pissoir im Kellergeschoss des Restaurants.

„Deine Ramona sieht ja richtig knackig aus. Die ist sicher eine Wucht im Bett! Stimmt´s Steidie?“, lallte Werner Dellmann und musste sich mit einer Hand an der gefliesten Wand abstützen, um nicht in die Pissrinne zu stolpern.

„Reicht Dir die Lizzy nicht, Werner?“, antwortete Zacharias Steidler ohne den Blick von seinem blassgelben Urinstrahl abzuwenden.

„Lass die Lizzy aus dem Spiel. Die ist nur was für Zwischendurch. Das verstehst Du nicht!“

„Und versteht wenigstens die Petra, dass mit der Lizzy was läuft?“

„Ich sag Dir, halt bloß Deinen Mund! Das geht Dich gar nichts an! Das geht nur mich und die Petra etwas an! Halt Dich da raus!“

„Beruhig Dich wieder, sonst pisst Du Dir noch auf Deine Haferlschuhe. Es geht mich ja wirklich nichts an.“

14 Deggendorf (September 2011)

„Kommen Sie!", bat Dr. Schramm den angemeldeten Gast seiner Tochter ins Haus.

Karla Ebollito und ihr Mann Eduardo saßen am Kaffeetisch, als Zacharias Steidler das Wohnzimmer betrat.

„Eduardo, das ist Zacharias Steidler, ein Schulkamerad aus Viechtach. Er geht übernächstes Wochenende auch mit auf das Klassentreffen", stellte Karla Ebollito ihn vor.

„Was machen Sie denn beruflich?", begann Eduardo Ebollito, nachdem Zacharias Steidler sein Tortenstück zu Ende gegessen und seine Kaffeetasse abgestellt hatte.

„Ich bin momentan bei einer Sicherheitsfirma beschäftigt. Sie heißt International Security Corporation, kurz IntSec. Vielleicht haben Sie schon einmal davon gehört."

„Nein. Nicht dass ich wüsste. Für meine Sicherheit sorge ich schon selbst. Oder muss ich Angst haben?"

„Das kommt darauf an, in welchem Milieu Sie sich bewegen. Von Fall zu Fall können unsere Dienste schon sehr hilfreich sein."

„Was soll das heißen, in welchem Milieu?"

„Nein, nicht was Sie denken. Mit Milieu meine ich die Sicherheitslage der Umgebung. Unsere Kunden – oder Geschäftspartner, wie Sie wollen – haben unterschiedliche Sicherheitsbedürfnisse. Das reicht von sicherem Transport von sensiblen Gütern bis hin zu geschütztem Personentransport. Quasi Personenschutz. Zuletzt war ich mit meinen Kollegen in Kabul tätig. Da gibt es für uns und unsere Mitbewerber reichlich zu tun. Da ist die Luft ziemlich bleihaltig. Das wird sich dort auch nicht so schnell ändern. Ist zumindest meine persönliche Einschätzung."

„Dann laufen Sie also ständig mit einer Sonnenbrille im Gesicht, einer Kanone am Halfter und einem Knopf im Ohr herum, Herr Steidler?"

„Ja, so ungefähr kann man sich das vorstellen. Das gehört unter anderem zu unserer Ausstattung."

„Und welche Waffen benutzen Sie dann, wenn Sie eine benutzen müssen?"

„Diese hier ist mir am liebsten", antwortete Zacharias Steidler und zog plötzlich eine Heckler & Koch aus seinem Schulterholster, das bisher unter seiner Lederjacke verborgen gewesen war.

Etwas verdutzt starrte Eduardo Ebollito auf die dunkelgraue Pistole, deren Mündung auf ihn zeigte.

„Darf ich die mal in die Hand nehmen?"

„Klar doch!", antwortete Zacharias Steidler, entriegelte den Magazinhalter, steckte das herausrutschende, volle Magazin in seine Jackentasche weg und übergab die Waffe mit dem Griffstück voraus.

Wie ein kleiner Junge zu Weihnachten freute sich Eduardo Ebollito über die Pistole in seinen Händen. Mehrfach drückte er den Abzugshebel und machte jedes Mal „Peng! Peng!", wenn er ein imaginäres Ziel an der Fensterwand bekämpft hatte.

„Jetzt ist aber gut, Eduardo!", unterbrach Karla den Spieltrieb ihres Ehemannes.

„Ist ja gut, Schatz! Gönn mir doch auch mal eine kleine Freude. Aber ich muss jetzt eh weg. Ich hab heute noch eine Hausbesichtigung. Das könnte ein richtig gutes Geschäft werden. Herr Steidler, leider sind meine Geschäftspartner lauter seriöse Leute. Ich werde Ihre Dienste also nicht in Anspruch nehmen. Zumindest heute nicht. Hier haben Sie Ihre Pistole wieder zurück", sagte Eduardo Ebollito und streckte die Waffe mit der Mündung voraus in Richtung Zacharias Steidler.

Der erfasste die Pistole am Lauf auf Höhe des Auswurffensters und steckte sie zurück in das Schulterholster.

„Schön, Dich wieder zu sehen, Steidie", begann Karla Ebollito, nachdem ihr Mann und ihr Vater hinausgegangen waren.

„Wir haben uns lange nicht mehr gesehen. Wie lange ist das jetzt her?"

„Das kann ich Dir genau sagen. Seit fünfzehn Jahren. Du warst kurz auf unserer Hochzeit gewesen. Danach habe ich nichts mehr von Dir gehört."

„War besser so. Für uns beide. Wann ist eigentlich Dein Unfall passiert?"

„Vor zehn Jahren hat mich bei einer Schleppjagd mein Pferd abgeworfen. Ich bin mit der Hüfte auf einen Felsbrocken gefallen. Da haben auch mein Helm und mein Rückenprotektor nichts genützt. Mein Becken war zertrümmert. Seitdem kann ich nicht mehr gehen und sitze hier in einem Rollstuhl."

„Und wie geht es Dir sonst, Karla?"

„Ach, lassen wir das! Darüber möchte ich nicht reden. Es geht momentan drunter und drüber. Mein Vater hat sich mit Eduardo verkracht. Wenigstens haben sich beide vorhin vor Dir anständig benommen. Aber lass uns doch lieber über Dich reden, Steidie."

„Da gibt es nicht viel zu erzählen. Ich bin unverheiratet, beruflich ständig unterwegs. Der ganz normale Wahnsinn halt. Auf dem Gymnasium hatten wir uns das auch alles ganz anders vorgestellt. Was willst Du sonst noch von mir wissen?"

„Lass gut sein, Steidie! Lass uns lieber über morgen sprechen. Ich freue mich schon riesig auf unseren Ausflug. Das muss aber unter uns bleiben. Wenn Vater davon erfährt, bekommt er garantiert einen Anfall. Er meint ständig, mich in Watte packen zu müssen."

15 Neuschönau (September 2011)

„Danke, dass Du mich mitgenommen hast, Zach. Die Woche hier im Sporthotel hat mir bisher richtig gut getan. Wir sollten das öfter machen. Einfach weg von dem ganzen Trubel der Großstadt. Weg von Deinem Job. Du blühst auch richtig auf. So viel wie in den letzten Tagen habe ich Dich lange nicht mehr reden hören. Ich verstehe zwar nicht alles in Eurem lustigen Dialekt. Aber die Menschen hier sind ziemlich nett", stellte Ramona Klingler fest.

Seit einer guten halben Stunde saßen sie nun schon im Frühstücksraum des Sporthotels und bedienten sich am reichhaltigen Büffet. Um 06.30 Uhr waren auch erst wenige Gäste hier unten, weshalb es überraschend ruhig war an diesem Septembermorgen.

„Weg von Deinem Job!", dachte Zacharias Steidler, ohne seiner Begleitung zu antworten.

Er war sich ziemlich sicher, dass sie ohne seinen Job jetzt nicht hier frühstücken würden. Am Abend zuvor hatte er seinen Auftrag zum wiederholten Mal durchgelesen. An der Passage „Unsere Auftraggeber möchten den Auftrag bis Ende September ausgeführt haben und eine weitere Bedingung lautet: ‚Lassen Sie es wie einen Unfall aussehen!' Viel Erfolg!" war Zacharias Steidler immer wieder hängen geblieben. Er hatte nur noch zwölf Tage Zeit, dann musste er seinen Job erledigt haben.

„Bis wann bist Du zurück?", fragte Ramona Klingler, als Zacharias Steidler den Reißverschluss seiner Lederkombi nach oben zog.

„Kann spät werden. Mach Dir einen schönen Tag, Ramona", war das Letzte, was sie verstand, bevor er den Knopf des Elektrostarters an seiner BMW betätigt hatte.

Der sonore Klang des Boxermotors übertönte nun jede Unterhaltung, von der Zacharias Steidler ohnehin nichts mehr mitbekommen hätte, da er seinen Helm bereits geschlossen hatte und mit einem lauten Klack den ersten Gang einlegte und losfuhr. Nach ein paar Minuten bog er auf die B 85 ein und nahm die Bundesstrasse in Richtung Süden. Hinter Eppenschlag folgte er der Ausschilderung Nationalpark Bayerischer Wald bis zum Informationszentrum Neuschönau. Es war auch für Ortsfremde nicht zu verfehlen.

Ganz ortsfremd war Zacharias Steidler nicht gewesen. Es lag aber weit in seine Schulzeit zurück, dass er im Nationalpark gewesen war. Und damals gab es dieses Informationszentrum genauso wenig wie den Baumwipfelpfad mit dem Baumturm.

Obwohl sie sich lange nicht mehr gesehen hatten, erkannte er Julia Wacker sofort. Sie hatte immer noch bis zur Hüfte reichende, leuchtend rote Haare. Wie zu ihrer Schulzeit zu einem Pferdeschwanz gebändigt.

„Hallo Julia! Schön, Dich wieder zu sehen!"

„Hallo Steidie! Lang ist es her. Wie lang?"

„Fünfzehn Jahre. Wir waren zusammen auf der Hochzeit von der Karla Schramm."

„Fünfzehn Jahre. Mir kommt es vor, als ob es erst gestern gewesen wäre. Aber schön, dass Du jetzt da bist. Komm, ich zeige Dir mein Reich!"

Wie selbstverständlich nahm Julia Wacker die Hand von Zacharias Steidler und lotste ihn in Richtung der Tierfreigehege.

„Das ist mein jüngstes Baby", begann sie, als sie das Elch-Gehege erreicht hatten.

„In ein paar Wochen wird das hier fertig gestellt sein, dann kommen ein Elchbulle und drei Elchkühe aus Schweden in das Gehege. Ich hab die letzten fünf Jahre darauf hingearbeitet, um dieses Projekt durchzusetzen. Erst wollte die Parkleitung keine Elche für die Tierfreigelände haben, weil der Elch kein typisches Tier des Bayerischen Waldes ist. Aber seit es auf tschechischer

Seite um den Lipno-Stausee herum diese schönen Tiere gibt, haben die dann letztendlich doch nachgegeben. Ich freue mich schon so darauf!", sprudelte Julia Wacker vor lauter Begeisterung heraus.

„Du gehst ja richtig auf in Deinem Job, Julia."

„Ja, der Nationalpark ist mein Leben. Die Tiergehege sind meine große Liebe. Es war ein richtiger Glückstreffer, als ich nach dem Studium hier eine Stelle als wissenschaftliche Mitarbeiterin bekommen habe. Für eine Biologin ist das hier eine wahre Fundgrube. Ich konnte sogar meine Doktorarbeit über die Symbiotischen Verbindungen zwischen Pilzbestand und Baumwachstum im Nationalpark schreiben. Seit fünf Jahren bin ich sogar die leitende Biologin. Du wirst es nicht glauben, aber der Job ist auch noch gut bezahlt."

„Und was macht Herr Wacker? Ist er auch beim Nationalpark beschäftigt? Er ist doch auch Biologe, oder?", wollte nun Zacharias Steidler wissen.

„Nein. Herr Wacker ist zwar auch Biologe. Wir leben aber schon seit längerem getrennt. Er macht in Südamerika ein Projekt zusammen mit seiner neuen Flamme. Die ist mittlerweile sogar schwanger. Das Miststück! Paul hat mich auch um die Scheidung gebeten. Aber ich lasse ihn noch eine Weile schmoren. So leicht kommt der mir nicht davon!", antwortete Julia Wacker und entwickelte dabei ebensolche Leidenschaft in ihrer Stimme wie gerade eben bei der Beschreibung ihres Elch-Projekts.

Zacharias Steidler holte den Helm und die Lederjacke von Ramona Klingler aus dem Topcase seiner BMW und reichte sie Julia Wacker. Beides passte ihr nahezu wie angegossen. Nach einer kurzen Fahrt erreichten sie den Parkplatz Gfäll, der auch die Endstation vor dem Aufstieg zum Großen Rachel für den Igelbus darstellte, mit dem die meisten Wanderer ihre Anfahrt auf den zweithöchsten Berg des Bayerischen Waldes absolvierten. Zacharias Steidler stellte sein Motorrad neben die Schutzhütte, in der die Informationstafeln über die Wandermöglichkeiten im Rachelgebiet angebracht waren.

„Komm, wir gehen über den Rachelsee zum Gipfel. Das schaffen wir locker in zwei Stunden", schlug Julia Wacker vor.

„Wie Du möchtest."

Die erste halbe Stunde der Wanderung führte die beiden durch einen lichten Buchenwald, der mit einzelnen Fichten durchsetzt war. Gleich zu Beginn fielen Zacharias Steidler bereits einige umgestürzte Bäume auf, die offensichtlich nicht forstwirtschaftlich verwertet wurden, sondern ihrem natürlichen Schicksal überlassen blieben. Je näher sie dem Rachelsee kamen, je mehr umgestürzte Bäume lagen kreuz und quer im Wald herum. Ein Anblick, an den sich Zacharias Steidler erst gewöhnen musste. Als er das letzte Mal hier gewesen war, sah das alles noch wie ein aufgeräumter deutscher Wirtschaftswald aus. Julia Wacker hielt immer mal kurz an und erläuterte ihrem Begleiter die Zusammenhänge zwischen dem toten Holz der herumliegenden Bäume und der natürlichen Waldverjüngung. Sie sprach über einen Umbau des Waldes von der Fichtenmonokultur des Wirtschaftswaldes zu einem natürlichen Mischwald. Vogelbeere, Bergahorn, Buchen und ein paar Fichten ragten bereits einige Meter zwischen den majestätischen Baumleichen hervor. Es würde noch Jahrzehnte dauern, bis die neue Waldgeneration herangewachsen sei, erklärte sie ihm. Für Biologen sei es aber das reinste Freiluftlabor, in dem sie und ihre Kollegen diesen Verjüngungsprozess des Waldes beobachten und erforschen konnten. Plötzlich lag der Rachelsee vor ihnen. Sie suchten sich eine freie Holzbank und legten eine Rast ein.

„Das ist alles sehr interessant, was Du da machst. Ich hab das gar nicht mehr richtig verfolgt, seit ich von zuhause weg bin. Wenn ich aber den Hang so hinaufschaue, ist das schon etwas anderes als früher", sagte Zacharias Steidler.

„Ja, auf den ersten Blick ist es schon etwas schockierend, wenn man die Postkartenmotive von Großem Rachel mit Rachelsee und Rachelkapelle von früher kennt. Alles war umgeben vom satten Grün der Fichten. Heute ragen graue Baumstümpfe in den Himmel und es liegen ganze Areale so da, als hätte ein Riese Lust gehabt, im Nationalpark Mikado zu spielen. Gerade für die Waldbauern ist das auch nicht einfach gewesen. Durch das Einstellen der forstwirtschaftlichen Nutzung im Nationalpark konnte sich in dem Totholz der Borkenkäfer so entwickeln, wie er das macht, wenn der Mensch nicht eingreift. Das hat natürlich auch zu Schäden durch den Borkenkäfer in den an den Nationalpark angrenzenden Waldgebieten geführt. Aber der Nationalpark ist auch ein touristischer Magnet, von dem viele Menschen gut leben", holte Julia Wacker weiter aus.

„Klingt spannend. Aber lass uns doch weitergehen! Ich freue mich schon auf einen Kaiserschmarren im Waldschmidthaus", beendete Zacharias Steidler die kurze Rast am See.

Eine halbe Stunde später erreichten sie die Rachelkapelle. Von hier aus hatten sie einen herrlichen Blick zurück auf den Rachelsee. Ohne lange zu verweilen, machten sie sich an den Aufstieg zum Gipfel des 1453 Meter hohen Bayerwaldberges. Auf dem Gipfel saßen Zacharias Steidler und Julia Wacker eine ganze Weile wortlos nebeneinander auf einem Felsbrocken und beobachteten die Umgebung, die nun zu ihren Füßen lag.

„Weißt Du jetzt, was ich meine, Steidie?", durchbrach Julia Wacker die Stille.

„Ich glaub schon. Wir haben aber auch heute eine tolle Fernsicht. Wenn ich in meinem Job nach Kabul fliege, überquere ich dabei mit dem Flieger den Hindukusch. Vom Fenster eines Flugzeuges aus sind das auch schöne Berge. Sie sind auf jeden Fall ein Vielfaches höher als die Berge hier. Aber mit dem Hindukusch verbinde ich nichts. Es sind nur Berge. Einfach nur Berge. Ich denke, ich weiß schon, was Du meinst. Du hast wirklich einen tollen Job. Ich beneide Dich gerade ein wenig. Merkst Du das, Julia?"

„Dann bleib doch einfach hier bei mir, Steidie!"

Bei diesen Worten drückte sie die Hand von Zacharias Steidler, die sie die ganze Zeit über gehalten hatte, noch etwas fester.

„Weißt Du eigentlich, dass ich damals noch monatelang von Dir geträumt habe?"

„Nein, weiß ich nicht, Julia."

„Du hattest keine Ahnung, wie verliebt ich in Dich war. Die Geschichte mit Paul war danach im Prinzip eine Kurzschlussreaktion darauf gewesen. Vielleicht sind wir deshalb nie richtig glücklich gewesen, weil ich eigentlich die ganze Zeit an Dich gedacht habe."

„Und hat das irgendwann aufgehört?"

„Ja. Als ich den Job im Nationalpark bekommen habe. Den Nationalpark liebe ich so, wie ich Dich geliebt habe. Aber jetzt, wo Du neben mir sitzt, ich Deine Hand halte, bin ich mir da nicht mehr sicher. Verstehst Du das Steidie?"

„Julia, ich musste Dich damals loslassen."

„Warum?"

„Zu meinem eigenen Schutz."

„Welcher Schutz denn?"

„Das wäre nicht gut gegangen mit uns beiden. Dein Enthusiasmus hätte mich erdrückt. Das wäre nicht gut gegangen. Glaub mir!"

„Was meinst Du denn mit Enthusiasmus?"

„Du bist immer so begeistert. Ich hab gemerkt, dass Du mich überrollt hättest mit Deinen Gefühlen. Ich hab mich richtig eingekesselt gefühlt damals."

„Was meinst Du denn mit eingekesselt? Was soll das denn heißen?"

Julia Wacker wandte ihr Gesicht ab, damit Zacharias Steidler ihre Tränen nicht sehen konnte.

„Es war so ein Gefühl der Enge. Ich bin ein Mann. Ich konnte das nicht brauchen. Das war mir alles zuviel. Das wäre nicht gut gegangen. Glaub mir!"

Wortlos gingen sie nebeneinander das kurze Stück Weg vom Gipfel zum Waldschmidthaus. Der Appetit auf Kaiserschmarren war Zacharias Steidler auch vergangen. Die Unterhaltung auf dem Gipfel hatte ihn einerseits völlig überrascht, andererseits hatte sie ihm auch zu denken geben.

Eine Stunde später waren sie zurück am Parkplatz, an dem der nächste Igelbus wieder eine große Schar Wanderer ausspukte, die vermutlich alle zum Gipfel des Großen Rachels hinauf wollten. Wie sie gekommen waren, fuhren Zacharias Steidler und seine Sozia zurück nach Neuschönau zum Informationszentrum. Alleine streifte er durch den Baumwipfelpfad, während Julia Wacker noch etwas in ihrem Büro zu erledigen hatte. Als Zacharias Steidler am Baumturm angekommen war, rief Julia Wacker plötzlich seinen Namen. Ihre Stimme kam jedoch nicht aus der Richtung des Ausgangs, sondern von oben von der Spitze des Baumturms. Er konnte sie jedoch erst nicht sehen. Zacharias Steidler ging die spiralförmig angelegte Rampe zur Spitze des Baumturms bis zur Aussichtsplattform hoch, die in 44 Meter Höhe einen majestätischen Ausblick auf die Umgebung bot. Erst jetzt konnte er sehen, von wo aus er gerufen worden war. Und dabei stockte ihm fast der Atem.

Julia Wacker balancierte auf einem etwa 30 Millimeter breiten Flachband, dass in 40 Metern Höhe an zwei gegenüberliegenden Streben des Baumturms mit Karabinern befestigt war. Nun legte sie die letzten Meter bis zum Fixpunkt zurück und schwang sich behände über das Geländer auf die Rampe. Bis sie das Sicherungsseil gelöst hatte, war Zacharias Steidler schon bei ihr.

„Was machst Du denn für Sachen, Julia?“

„Slacklining. Hast Du noch nicht davon gehört? Das ist eine tolle, neue Sportart. Du musst Dich voll konzentrieren, um die Balance nicht zu verlieren. Das ist ein ideales Training für das Bergsteigen. Es schult ungemein die Koordination und das Körpergefühl. Kannst Du mit wenig Aufwand fast überall machen.“

„Und Du musst das in 40 Metern Höhe machen?“

„Das nennt man Highline. Da braucht man natürlich eine Sicherung. Ich habe es aber auch schon ohne Sicherung probiert. Der Adrenalinkick ist dann noch viel größer. Da glaubst Du anschließend, Du bist unschlagbar und kannst fliegen. Ich habe auch schon an Wettkämpfen teilgenommen. Ich bin gar nicht mal so übel in dem Sport. Willst Du es auch einmal probieren?“

„Ja, gerne. Aber wenn es geht, nicht in der Höhe.“

Julia Wacker löste die Befestigungen der Slackline und des Sicherungsseils und verstaute alles in einem Rucksack. Wieder unten angekommen, befestigte sie das Flachband in einer Höhe von etwa einem halben Meter. Es hing so durch, dass es in der Mitte beinahe den Waldboden berührte. Etwas ungelenk begann Zacharias Steidler seine ersten Schritte auf der Slackline und musste bei seinen Versuchen ein paar Mal mit einem Sprung das schlaff gespannte Band verlassen. Nach gut zehn Minuten schaffte er es jedoch, mit den ausgestreckten Armen die Schwingbewegungen seines Rumpfes soweit auszugleichen, dass er eine Balance fand und die Slackline ohne Absteiger überqueren konnte.

„Respekt! Nicht schlecht, Steidie! Du bist ja ziemlich fitt. Machst wohl viel Sport, oder?“, kommentierte Julia Wacker den Balanceakt ihres ehemaligen Mitschülers.

„Ja, in meinem Beruf muss ich fitt sein. Das ist ein Teil meiner Lebensversicherung.“

16 Viechtach (September 2011)

Gegen 18.00 Uhr war Zacharias Steidler wieder in seinem Hotelzimmer zurück. Ramona Klingler war nicht da gewesen, als er zum Sporthotel gekommen war. In der Eingangshalle hatte er Petra Dellmann getroffen und ihr von seinem Besuch bei Julia Wacker im Nationalpark erzählt. Die Unterhaltung auf dem Gipfel des Großen Rachels erwähnte er jedoch nicht.

Zacharias Steidler blätterte in seinen Auftragsunterlagen, die er auf dem Bett ausgebreitet hatte. Er hielt das Photo seiner Abiturklasse in der Hand. Die Gesichter von Petra Dellmann, Julia Wacker und Karla Ebollito hatte er mit Textmarker eingekreist. Bis vor einer Woche waren die drei Frauen ein Teil seiner Vergangenheit gewesen. Nachdem er die Drei wieder gesehen hatte, kam es ihm vor, als ob sie erst vor ein paar Tagen auseinander gegangen wären und nicht vor vielen Jahren. Einer dieser drei Frauen musste er wehtun. Das hatte er seinen Auftraggebern zugesichert. Diese würden sich auf ihn verlassen, wie sie das bisher immer getan hatten. Und auch getrost weiter tun konnten. Aber bei diesem Auftrag lagen die Dinge anders, als bei den bisherigen.

„Regel Nummer eins: keine Beziehung zu Zielpersonen oder deren Umfeld!", dachte Zacharias Steidler und hatte jetzt eine Ahnung davon, wie wichtig die Einhaltung dieser Regel sein konnte.

Das laute Surren des Haustelefons unterbrach seine Gedanken.

„Ja, ich komme runter", antwortete er der Anruferin, verstaute seine Unterlagen wieder und ging zur Rezeption hinunter, wo Petra Dellmann schon auf ihn wartete.

Sie trug aber nicht wie üblich eines ihrer Dirndl, sondern eine schwarz-rote Lederkombi, was Zacharias Steidler etwas überraschte.

„Komm mit, ich muss Dir was zeigen“, sagte Petra Dellmann und ging voraus in den Innenhof des Sporthotels, wo sie das erste Tor der Garagenanlage mit einem Knopfdruck öffnete.

„Ich wusste gar nicht, dass es die auch in gelb gab“, sagte Zacharias Steidler verwundert, als er in der Garage eine Ducati 998 stehen sah.

„Doch, die gab es nicht nur in rot, sondern auch in gelb. Werner wollte die unbedingt in gelb haben, da alle anderen sie ja in rot haben, wie er meinte. Er hat sie 2003 gekauft. Seit er seinen Führerschein abgeben musste, steht sie meistens herum, genauso wie seine Harley. Ich fahre ab und zu damit, wenn ich etwas frische Luft brauche. Hast Du Lust auf eine Spritztour? Deine Ramona ist mit Werner noch in Straubing beim Shopping. Die kommen nicht vor neun zurück.“

„Okay. Wo willst Du hin?“

„Nur eine kleine Runde zum Warmwerden.“

Nachdem Zacharias Steidler Lederkombi und Helm geholt hatte, startete Petra Dellmann ihr gelbes Motorrad. Als Zacharias Steidler mit seiner BMW auch soweit war, nickte sie ihm zu und fuhr voraus. Durch seinen Helm hindurch konnte Zacharias Steidler das tiefe Brummen des Ducatimotors hören, dass entfernt an einen Hornissenschwarm erinnerte.

Schwungvoll bog Petra Dellmann auf die B 85 ein, ohne sich groß um den fließenden Verkehr zu kümmern. Auf den folgenden fünf Kilometern drehte sie bereits so mächtig auf, dass Zacharias Steidler Mühe hatte, ihrem Tempo zu folgen, zumal er die Geschwindigkeitsbegrenzung auf 60 km/h an der Durchfahrt bei Prackenbach zu seinem eigenen Schutz einhalten wollte, um nicht von einen unachtsamen Verkehrsteilnehmer abgeschossen zu werden. Kurz bevor sie die Bundesstrasse in Richtung Rattenberg wieder verließen, musste er seine BMW auf 170 km/h hochbeschleunigen, um nicht den Anschluss an die gelbe Ducati zu verlieren. Er merkte dabei, dass sein 67 PS starker Oldtimer mit diesem modernen Motorrad und dessen Leistung von 123 PS Motormäßig nicht mithalten konnte.

„Warum fährst Du denn so schnell? Du musst mir doch nichts beweisen, Petra!", dachte Zacharias Steidler.

Hinter Rattenberg kam es dann kurz zu einer brenzligen Situation, als Petra Dellmann im Ausgang einer zügig durchfahrenen Rechts-links-Kombination einen Mähdrescher zu spät erkannte und trotz Gegenverkehr überholen musste, da es für ein Bremsmanöver nicht mehr gereicht hätte und sie hinten in die grüne Erntemaschine hineingekracht wäre oder einen Ausflug in die Botanik gemacht hätte. Das entgegenkommende Auto verhinderte durch eine Vollbremsung und seitliches Ausweichen in eine Einfahrt gerade noch den drohenden Frontalzusammenstoß. Anscheinend davon unbeeindruckt setzte Petra Dellmann ihre halsbrecherische Fahrt mit unverminderter Geschwindigkeit fort. Zacharias Steidler verlor sie dadurch kurz aus den Augen und hätte sie hinter St. Englmar beinahe übersehen. Als er einen durch eine Buschgruppe von der Strasse abgeschirmten Parkplatz passierte, sah er im Augenwinkel seines Helmvisiers aber noch etwas Gelbes. Er wendete kurz vor Kollnburg und fuhr zu dem Parkplatz zurück. Wie vermutet, stand Petra Dellmann dort neben ihrer gelben Ducati und rauchte eine Zigarette.

„Du fährst einen ganz schön heißen Reifen, Petra! Du hättest vorhin tot sein können. Nur mal so erwähnt", versuchte Zacharias Steidler ruhig zu bleiben.

„Und? Wen hätte das gejuckt? Das wäre wenigstens schnell gegangen."

„Was soll denn der Scheiß, Petra? Du bist wohl nicht ganz sauber, oder? Merkst Du, was für ein Blech Du gerade verzapfst?"

Petra Dellmann fing plötzlich an zu heulen.

„Ist doch war! Was soll denn der ganze Scheiß noch. Übermorgen werde ich 40. Ich habe einen Berg Schulden. Mein Mann vögelt meine Angestellten und schmeißt das Geld mit vollen Händen aus dem Fenster. Wie würdest Du Dich da fühlen?"

Zacharias Steidler hatte keine Antwort drauf.

„Steidie, fick mich! Ich hatte seit zwei Jahren keinen Sex mehr!"

„Was ist los? Spinnst Du jetzt vollkommen?"

Petra Dellmann schluchzte jetzt hemmungslos und hielt sich dabei mit ihren Händen am Nacken von Zacharias Steidler fest.

„So schlimm kann es doch gar nicht sein, Petra."

„Nicht schlimm? Sehe ich so hässlich aus, dass Du mich nicht ficken willst, wenn ich Dich darum bitte? Was habe ich dann noch auf dieser Welt zu suchen? Kannst Du mir das sagen?"

Wortlos öffnete Zacharias Steidler den Reißverschluss, der Jacke und Hose seiner Lederkombi miteinander verband. Das Gleiche tat er an der Kombi von Petra Dellmann. Nachdem er seine Stiefel und Hose ausgezogen hatte, setzte er sich halbnackt auf den Sattel seiner BMW. Als Petra Dellmann sich ebenfalls dermaßen entkleidet hatte stieg sie zu ihm auf die BMW. Sie lag mit dem Rücken auf dem Tank, während Zacharias Steidler in sie eindrang. Bei den rhythmischen Bewegungen hatte er nur Angst, dass sein Hauptständer der außergewöhnlichen Belastung nicht gewachsen sein würde. Seine alte BMW hielt aber durch.

Tränen überströmt, aber mit einem Lächeln im Gesicht, klammerte sich Petra Dellmann noch eine Weile an ihn, nachdem sie beide gekommen waren.

„Geht es wieder?", wollte Zacharias Steidler wissen, als er den Reißverschluss an seinen Motorradstiefeln geschlossen hatte.

Petra Dellmann saß auf einer der Parkplatzbänke und rauchte. Obwohl sie ihr Gesicht trocken gewischt hatte, sah man ihr noch an, welchem Gemütszustand sie noch vor kurzem freien Lauf gelassen hatte.

„Wir können gleich weiterfahren. Lass mich nur meine Zigarette zu Ende rauchen. Es geht gleich wieder. Danke, Steidie! Aber manchmal habe ich das Gefühl, als ob ich einfach nur völlig nutzlos wäre."

„Warst Du schon mal bei einem Arzt, Petra?"

„Was soll ich denn bei einem Arzt? Der kann meine Probleme auch nicht lösen."

„Aber er kann Dir helfen, mit Deinen Problemen besser umzugehen."

„Davon bin ich nicht überzeugt. Du hast ja selbst gesehen, was mit mir passiert. Ich kann das nicht mehr kontrollieren. Nur auf dem Motorrad habe ich das Gefühl, wieder frei zu sein. So wie damals, als Werner auf unserer Hochzeitsreise mit mir auf einer Harley die Route 66 entlang gefahren ist. So etwas macht der Werner auch manchmal. Halt nur manchmal. In letzter Zeit gar nicht mehr. Das belastet mich sehr. Deshalb nehme ich von Zeit zu Zeit die Ducati und verschaffe mir einen Kick. Mit Adrenalin im Blut geht es mir gleich besser. Aber das hält immer nur kurz an. Das Ergebnis kennst Du ja. Glaub mir aber, Du bist der Erste gewesen, den ich um einen Mitleidsfick gebeten habe."

„Mitleidsfick! Wie sich das schon anhört. War doch gar nicht so schlecht, oder?", fragte Zacharias Steidler und grinste dabei.

Ein Lächeln erhellte das Gesicht von Petra Dellmann. Zehn Minuten später stellte sie ihr gelbes Motorrad wieder in die Garage des Sporthotels. Zacharias Steidler wurde schon von Ramona Klingler in Empfang genommen.

17 Viechtach (September 2011)

Sie waren am folgenden Nachmittag zu Fuß in die Stadt hinunter gelaufen und hatten den Weg vorbei am Gymnasium genommen.

„Hier in diesem Betonkasten bin ich neun Jahre zur Schule gegangen. Hier haben wir vor zwanzig Jahren unser Abitur gemacht", begann Zacharias Steidler und Ramona Klingler hörte aufmerksam zu.

„Weißt Du, ich bin eigentlich gerne in die Schule gegangen. Einerseits hat Schule etwas Geregeltes. Du hast Deinen Stundenplan, Du hast Deine Lehrer, Du bist die meiste Zeit mit den gleichen Mitschülern zusammen. Das gibt Dir eine gewisse Stabilität. Die Schule ist wie Dein Revier. Manchmal musst Du es verteidigen. Mit Worten. Manchmal mit Fäusten. Gleich nebenan ist die Realschule Viechtach. Die Schüler dort haben uns Gymnasiasten oft als hochnäsig und abgehoben bezeichnet. Auf die meisten von uns traf das sicherlich auch zu. Im Schulbus kam es deswegen öfter auch zu Rangeleien oder sogar zu Prügeleien. Realschule gegen Gymnasium. Du hast Dich gefühlt wie ein Nationalspieler, der für sein Land antritt. Das war wahrscheinlich auch der Grund dafür, warum wir getrennte Pausenhöfe hatten. Nur im Winter konnten wir mit Schneebällen die Realschüler erreichen, obwohl natürlich bereits das Formen eines Schneeballs unter Strafe stand. Wenn Dich da der Lehrer, der die Pausenaufsicht führte, beim Direktor gemeldet hat, war gleich ein Direktoratsverweis fällig. Quasi zur Abschreckung für die Anderen. Heute kann ich darüber nur noch lachen. Andererseits hat mir die Schule auch viel mitgegeben. Als Schüler denkst Du ja oft, diesen oder jenen Stoff würdest Du im Leben nicht mehr brauchen. Das Lernen wäre ja total sinnlos. Irgendwann macht es aber Klick! und Du merkst, dass es nicht auf das einzelne Thema ankommt, sondern auf die Gesamtheit des vermittelten Stoffes."

„Du hörst Dich jetzt fast selbst an wie ein Lehrer", unterbrach ihn Ramona Klingler.

„Nein, Du musst nur etwas Abstand gewinnen. Mit zwanzig Jahren Abstand habe ich die Gelassenheit, es so zu sehen. Als Dozent an der Polizeischule habe ich mir darüber natürlich auch meine Gedanken machen müssen. Aber unter dem Strich denke ich positiv an meine Zeit am Dominicus-von-Linprun-Gymnasium zurück."

„Wir müssen da aber jetzt nicht rein, damit Du Deine Lehrer von früher besuchen gehst, oder?", argwöhnte Ramona Klingler.

„Nein, Schubie hat für das Klassentreffen eine Führung organisiert. Da können wir uns den neuen Anbau mit der Mensa und unsere alten Klassenräume anschauen. Ein paar Lehrer von damals wollen auch dazu kommen. Einige von denen sind natürlich auch schon in Pension."

Wortlos folgten sie der Jahnstrasse und schlenderten zum Stadtplatz. Viechtach hatte immer noch nichts von seiner beschaulichen Behäbigkeit eingebüßt, die Zacharias Steidler zu seiner Schulzeit früher als provinzielle Enge verspürt hatte. Dieser Enge wollte er als junger Mann entfliehen. Jetzt, da er von der großen weiten Welt gesehen hatte, kam ihm die Enge plötzlich weniger eng vor, als noch vor zwanzig Jahren. Auch wenn am Stadtplatz die meisten Geschäfte einen anderen Namen und ein anderes Warensortiment führten, hatte sich doch an der Grundstruktur des Ensembles der Viechtacher Stadtmitte nur wenig verändert. Sogar die beiden Cafes, in denen er zu seiner Schulzeit seine „Freistunden" mit Schulkameraden verbrachte, gab es noch.

Zacharias Steidler lotste seine Begleitung in die Ringstrasse zum Cafe Hinkofer, das immer noch den morbiden Charme eines Intellektuellentreffs versprühte.

Entfernt erinnerte es ihn an die Kaffeehäuser, die er in Wien kennen und schätzen gelernt hatte. Vielleicht lag es auch am böhmischen Akzent des Kellners, der ihre Bestellung aufgenommen hatte.

„Hier habe ich viele Stunden verbracht", begann Zacharias Steidler.

„Da hinten an dem Ecktisch haben wir oft Karten gespielt. Meistens Schafkopf. Manchmal waren auch Lehrer hier drin. Da mussten wir natürlich die Karten und das Geld verschwinden lassen und unsere Schulbücher auflegen. Damals durfte hier drinnen noch geraucht werden. Und mit dem Alkoholausschank an Jugendliche hat man es auch noch nicht so genau genommen, wie heutzutage. An manchen Tagen war ich echt froh, dass ich in den richtigen Schulbus eingestiegen bin. Trotzdem haben alle aus unserem Jahrgang ihr Abitur bestanden. Mehr oder weniger."

„Was heißt denn, mehr oder weniger?"

„Ich meine, der eine mit einem besseren Abiturzeugnis, der andere mit einem schlechteren. Letztendlich hat das aber keinen mehr groß interessiert. Als ich die Aufnahmeprüfung für den Polizeidienst gemacht habe, zählten im Prinzip nur das Ergebnis dieser Prüfung und natürlich der Sporttest und der Gesundheitscheck. Meine Abiturnoten waren da eher nebensächlich. Glaube ich zumindest."

„Und seit Du nicht mehr bei der Polizei bist, ist das überhaupt uninteressant."

„Lassen wir das", beendete Zacharias Steidler die Unterhaltung, da sie wieder einmal bei einem Thema angelangt war, welches ihm immer unangenehm gewesen war. Seine Zeit bei der bayerischen Polizei.

„Ich möchte bitte zahlen!", rief er in Richtung des Kellners, als sie ihren Kaffee getrunken und ihren Kuchen gegessen hatten.

Eine knappe Stunde später waren sie wieder zurück im Sporthotel.

„Der Werner ist gar kein so übler Typ, wenn der nüchtern ist."

„Habe ich ja auch nicht behauptet. Er behandelt halt nur die Petra nicht richtig. Und mit dem Geld anderer Leute geht er für meinen Geschmack etwas zu großspurig um. Das meiste Geld, das im Sporthotel steckt, kam ja von Petras Eltern. Werner hatte nur die großen Pläne. Die dann nicht immer gut funktioniert haben. Werner war immer schon ein Träumer gewesen. Er war am Gymnasium zwei Klassen über uns. Hatte immer die attraktivsten Freundinnen abbekommen. Ein richtiger Tausendsassa. Merkt man ihm heute noch an. Er hätte vielleicht etwas weniger Alkohol trinken sollen in seinem Leben. Das merkt man ihm auch an."

„Und wie kam die Petra an so einen Tausendsassa? So toll sieht die ja nun wirklich nicht aus, oder?"

„Die Frage habe ich mir damals auch gestellt. Ich habe keine Antwort drauf. Auf einmal waren die beiden zusammen und - wie man sieht - das nun bereits seit vielen Jahren. Ihre beiden Töchter sind jetzt auch schon beide im Teenageralter. Aber so schlecht sieht die Petra doch gar nicht aus. Im Dirndl mit ihrem blonden Zopf gefällt sie mir eigentlich ganz gut."

„Hattest Du mal was mit ihr?"

„Nein, mich hat sie nicht rangelassen. Ich war ihr wahrscheinlich zu langweilig."

„Du und langweilig? Dass ich nicht lache!"

„In meiner Jugend war ich eher der stille Typ. Junge Mädchen stehen nicht so auf die Nachdenklichen. Die wollen was geboten bekommen. Anders hast Du keine Chance bei ihnen. Außer bei den Hässlichen. Bei denen hast Du auch als stiller Typ Chancen. Die haben ja auch keine andere Wahl."

„Jetzt bist Du aber gemein!"

„Stimmt! Die Schönheit liegt ja auch im Auge des Betrachters. Und irgendwie findet im Leben doch jeder Topf seinen Deckel. Auch wenn er manchmal nicht ganz passt und bei Gebrauch etwas wackelt und nicht richtig bündig schließt."

„Und, wie findest Du Deinen Deckel?"

„Bin ich denn ein Topf, der einen Deckel sucht?"

„Du bist ein Idiot! Du weißt genau, was ich meine", konterte Ramona Klingler und schlug Zacharias Steidler mit ihrer geballten Faust gegen seine linke Schulter.

„Ja, ich weiß ganz genau, was Du meinst! Und dabei bleibt es auch!", stellte Zacharias Steidler trocken fest und zog Ramona Klingler mit festem Griff ganz nah zu sich heran.

Drei Stunden später lag Zacharias Steidler ruhig in seinem Bett und starrte zur Zimmerdecke. Neben ihm atmete Ramona Klingler gleichmäßig durch den geöffneten Mund und die Nase, so wie sie das meistens machte, wenn sie auf dem Rücken schlief.

Die Dinge nahmen nicht den geplanten Verlauf für ihn, grübelte Zacharias Steidler. Seit er wieder in seine alte Heimat zurückgekehrt war, liefen seine Gedanken nicht mit der üblichen Routine durch seinen Kopf. Langsam kamen ihm Zweifel, ob er für den Auftrag noch der Richtige war. Ob er den Kopf dafür noch frei hatte. Vielleicht war es an der Zeit, mit dem Professor zu sprechen. Der würde sicherlich nicht begeistert sein von dieser Entwicklung. Wenn ihn aber jemand verstehen konnte, dann der Professor.

Zacharias Steidler setzte sich eine Frist von zwei Tagen für seine Entscheidung. Spätestens danach musste er sich sicher sein, wie es weitergehen würde.

„Hast Du gut geschlafen, Ramona?", fragte er, als Ramona Klingler neben ihm die Augen aufschlug und sich räkelte.

„Ich hab doch nur kurz geträumt."

18 Regen (21. September 2011)

Sie hatten den Bootsverleiher am Parkplatz auf der Viechtacher Regeninsel, dem geplanten Zielpunkt ihres kleinen Ausflugs, getroffen. Zacharias Steidler ließ seinen VW Bully dort zurück und fuhr zusammen mit Karla Ebollito im Sprinter des Bootsverleihers in die Kreisstadt Regen, um dort in der Nähe des Dorfes Schöneck das gemietete Tourenkajak zu Wasser zu lassen.

„Du weißt gar nicht, wie ich mich freue, Steidie. Wenn mein Vater das wüsste, würde er Dich vermutlich dafür umbringen!", frohlockte Karla Ebollito.

„So schlimm wird es hoffentlich nicht werden", entgegnete Zacharias Steidler schmunzelnd.

„Und denken Sie dran, zwischen Oberauerkiel und Teisnach besteht Helmpflicht und es müssen Rettungswesten getragen werden. In den letzten Jahren sind in diesem Flussabschnitt einige tödliche Unfälle passiert. Deshalb hat das Landratsamt hier diese Auflagen an die Bootswanderer verordnet. Wer sich nicht dran hält und erwischt wird, kann zur Kasse gebeten werden. Es gibt Geldbußen bis zu 5000 Euro. Als Anbieter muss ich Sie belehren. Habe ich hiermit getan. Was Sie auf dem Wasser daraus machen, ist natürlich Ihre Privatsache. Aber ich kann nur empfehlen, den Helm aufzulassen. Der Regen führt zurzeit viel Wasser. Deshalb dürfte es im Flussabschnitt Bärnloch ziemlich turbulente Passagen geben. Passen Sie also auf sich auf. Ich wünsche Ihnen viel Spaß! Wir treffen uns wieder auf der Regeninsel. Wenn Sie die Schnitzmühle passieren, rufen Sie kurz mit dem Handy durch, dann fahre ich los. Viel früher werden Sie im Regental eh keinen Empfang haben, denke ich", gab der Bootsverleiher noch letzte Instruktionen und fuhr dann mit seinem Transporter davon.

Behutsam hob Zacharias Steidler Karla Ebollito aus ihrem Rollstuhl und legte sie im Gras der Uferböschung ab. Er klappte den Rollstuhl zusammen, verstaute ihn im Kajak und verzurrte ihn mit einer Leine so, dass er auch bei einem Kentern des Bootes nicht verloren gehen konnte. Zacharias Steidler öffnete den Deckel des wasserdichten Kunststoffbehälters, in dem er den Proviant, ihre Wertsachen, die Wechselbekleidung und einige kleinere Utensilien vor Feuchtigkeit geschützt unterbringen konnte. Anschließend streifte er Karla Ebollito den Neoprenanzug über und setzte sie in den vorderen Einstieg des Zweierkajaks. Sie streckte beide Arme senkrecht in die Höhe, als er ihr den Kamin der Spritzdecke über Kopf und Oberkörper zog und diese am Bootskörper befestigte. Zuletzt legte er ihr Schwimmweste und Helm an. Selbst gleichermaßen ausgerüstet, schob Zacharias Steidler das Tourenkajak ins seichte Uferwasser des Regen, bestieg den hinteren Einstieg und schloss seine Spritzdecke wasserdicht ab.

„Bist Du so weit, Karla?", fragte Zacharias Steidler.

„So weit war ich schon lange nicht mehr, Steidie! Es kann losgehen!", antwortete Karla Ebollito und Zacharias Steidler stach mit seinem Doppelpaddel in die Ufervegetation, um sich abzustoßen.

Im ruhigen Wasser des Regen nahm das Kajak nur langsam an Fahrt auf. Es dauerte etwa einen Flusskilometer, bis sich die Paddelschläge der beiden Insassen so synchronisiert hatten, dass aus dem anfänglichen Geschaukel eine harmonische Geradeausfahrt wurde. Nur kleine Wellen strukturierten die blaugrüne Wasseroberfläche. An manchen Stellen kräuselten sie sich und zeigten an, dass unter Wasser das natürliche Flussbett für unterschiedliche Fließgeschwindigkeiten sorgte.

„Stille Wasser sind tief! Dieser Spruch könnte auch auf einer Bootswanderung auf dem Regen entstanden sein", dachte Zacharias Steidler bei dem Anblick.

19 Kaitersberg (20. September 2011)

„Morgen mache ich mit Karla eine Bootstour auf dem Regen", begann Zacharias Steidler, nachdem er den Beckengurt seines Rucksacks passend eingestellt hatte.

„Eine Bootstour auf dem Regen? Ist das überhaupt etwas für eine Behinderte?", entgegnete Julia Wacker.

„Wieso denn nicht? Früher sind wir doch oft zusammen mit dem Kajak unterwegs gewesen. Warum soll das denn jetzt nicht mehr gehen, Julia?"

„Ich bitte Dich! Karla ist vom Bauchnabel an abwärts gelähmt. Wie soll sie denn da für das Gleichgewicht im Boot sorgen? Und Kraft zum Paddeln hat sie doch wahrscheinlich auch nicht mehr. Ich weiß nicht, ob das eine gute Idee von Dir ist. Bei jeder Eskimorolle fällt die Dir doch aus dem Kajak. Klar, früher war Karla ein richtiges Sportass. Aber Steidie, früher war früher! Reiten, Skifahren, Kajak fahren. War alles kein Problem für sie. Doch seit ihrem Unfall sieht die Lage doch ganz anders aus. Ich hoffe, Du weißt, worauf Du Dich bei der Geschichte einlässt."

„Ich denke schon!"

Zacharias Steidler und Julia Wacker hatten vor einer halben Stunde den Einödbauernhof Hudlach, im Osten von Bad Kötzting gelegen, hinter sich gelassen, um zu den markanten Granitwänden der Rauchröhren am Kaitersberg zu wandern. Sie waren gegen 08.00 Uhr in Neuschönau aufgebrochen und mit dem Suzuki-Geländewagen von Julia Wacker die Strecke entlang der bayerisch-tschechischen Grenze gefahren. Die Felsformation Rauchröhren bestand aus mehreren bis zu 45 Meter hohen Felstürmen, die seit vielen Jahren ein beliebtes Ziel für Kletterfans waren. Erst seit kurzem kamen auch die Slackliner hierher, um ihr Sportgerät über dem kaminartigen Spalt zu befestigen, der den Rauchröhren mit zu ihrem Namen verholfen hatte.

Nach einer kurzen Verschnaufpause am Fuße der Felsen bereiteten sie ihre Ausrüstung für den Aufstieg vor. Da die meisten Kletterrouten an diesen Felswänden sehr gut mit Kletterhaken eingerichtet waren, konnten Zacharias Steidler und Julia Wacker in einer knappen halben Stunde ohne große Kraftanstrengung den Gipfel des ersten Felsenturms besteigen. In der Wand hatte Julia Wacker bereits in etwa zwanzig Metern Höhe einen ersten Fixpunkt für ihre Slackline ausgemacht und das Flachband an einem der Haken mit einem Stahlkarabiner befestigt. Oben angekommen, schlaufte Zacharias Steidler sogleich ein Bergseil durch einen Karabiner und warf es - so verankert - in die Tiefe. Er hakte sich mit einem Abseilachter in das Seil ein und war zehn Sekunden später schon zwanzig Meter tiefer gerutscht. Lediglich zweimal musste er sich auf dem Weg nach unten von der Felswand abstoßen, um nicht an den Kanten des spröden Granits aufgescheuert zu werden. Zacharias Steidler sicherte seinen Stand mit einem Karabiner und wartete, bis ihm Julia Wacker in gleicher Weise gefolgt war. Nach zwei weitern Seillängen fanden beide am Fuße der Wand wieder festen Boden.

Der Aufstieg am gegenüberliegenden Granitpfeiler gestaltete sich etwas schwieriger. Eine Gruppe von drei jugendlichen Kletterern - offensichtlich Anfängern - belegte die Wunschroute von Julia Wacker, auf der sie den zweiten Fixpunkt für ihre Slackline vorgesehen hatte. Deshalb kletterten sie zunächst auf einer Alternativroute nach oben, um die so entstandene Wartezeit mit einer Brotzeit zu nutzen.

„Eigentlich habe ich gar keine Lust, zu dem Klassentreffen zu gehen, Steidie", begann Julia Wacker, nachdem sie es sich auf dem Dach des zweiten Granitfelsen gemütlich gemacht hatten.

„Versteh ich nicht. Warum hast Du Dich dann angemeldet? Es zwingt Dich doch niemand."

„Ja, das ist nicht so einfach zu erklären."

„Versuch es doch mal."

„Ich wollte schon hin. Viele von denen habe ich jahrelang nicht gesehen. Mich würde schon interessieren, was aus ihnen geworden ist."

„Aber?", unterbrach sie Zacharias Steidler und warf ihr einen fragenden Blick zu.

„Auf andere habe ich aber überhaupt keinen Bock. Weißt Du, die haben bei unserem letzten Treffen schon so angegeben mit dem, was sie schon erreicht haben. Mein Haus, meine Jacht, mein Auto und so. Das war wie in der Werbung. Darauf habe ich ja überhaupt keinen Bock. Verstehst Du das?"

„Nicht ganz. Du musst Dich ja nicht zu denen setzen und Dich mit denen unterhalten, die Du nicht magst. Anderen geht es doch genauso. Das geht bestimmt auf. So war das doch schon in der Schule. Da gab es auch verschiedene Cliquen. Und wenn nicht, mach das Beste draus."

„Du hast wahrscheinlich Recht. Ich habe ja nicht gewusst, dass ich Dich vorher schon treffe. Eigentlich habe ich mich nur auf Dich gefreut. Darauf, Dich wieder zu sehen."

„Und? Enttäuscht?"

„Nein! Keineswegs. Die Stunden mit Dir waren richtig entspannend für mich. Ich habe gar nicht gemerkt, wie stark ich eingespannt bin in meinem Job. Als ob Du zur rechten Zeit gekommen wärst."

„Was meinst Du damit?"

„Ich kann es Dir nicht erklären. Aber wenn Du die ganze Zeit alles mit Dir alleine ausmachen musst und keinen wirklichen Freund hast, mit dem Du über bestimmte Dinge reden kannst, dann frisst dich das innerlich irgendwann auf."

„Und mit Deinem Mann konntest Du nicht über die bestimmten Dinge reden?"

„Hör mir auf mit Paul! Die Geschichte gehört zu den bestimmten Dingen, über die ich manchmal gerne reden würde. Aber mit wem denn? Meine Arbeitskollegen sind nett. Okay. Mein Chef sagt immer, ich könnte mit jedem Problem zu ihm kommen. Aber damit meint er sicher nicht meinen privaten Scheiß!"

„Vielleicht meint er gerade auch Deinen privaten Scheiß. Vielleicht ist er ja ein guter Vorgesetzter, der auch Deine privaten Probleme wissen möchte. Ich kenne ihn nicht. Als ich noch bei der Polizei war, wollte ich schon auch die privaten Probleme meiner Männer wissen. Damit ich auf Stand war, wie sie drauf sind. In einem Einsatzkommando musst Du Dich auf jeden Einzelnen unbedingt verlassen können. Da musst Du auch wissen, an welchem Tag Du Dich nicht verlassen kannst. Aber lassen wir das. Ich wollte eigentlich nur Dir zuhören und Dich nicht mit meinem Kram belasten."

„Wieso nicht? Hast Du denn jemanden, mit dem Du Dich aussprechen kannst?"

„Nein. Brauche ich auch nicht. Das mache ich am Besten mit mir selber aus. Das hat bisher immer ganz gut hingehauen."

„Das kann ich mir nicht vorstellen, Steidie."

„Dann stell es Dir trotzdem vor. Schau, wir können runter", beendete Zacharias Steidler dieses Pausengespräch, nachdem er gesehen hatte, dass die drei Kletterer zu einer anderen Route gewechselt waren.

Wie auf der anderen Seite seilten sich Zacharias Steidler und Julia Wacker an der Wand bis zum geplanten zweiten Fixpunkt für die Slackline ab. Zacharias Steidler glitt dann alleine am Seil entlang bis zum Boden hinunter, nahm das freie Ende des Flachbandes auf und befestigte es mit einem Karabiner an seinem Hüftgurt.

Nun kletterte er wieder zügig bis zu Julia Wacker hoch. Sie übernahm ihre Slackline und hakte den Karabiner an dem Fixpunkt in der Granitwand ein. Das Sicherungsseil für den Gang über den Abgrund hatte sie bereits an ihrem Klettergurt festgemacht. Sie küsste Zacharias Steidler auf seine Nasenspitze und setzte dann ihren rechten Fuß als erstes auf das Band. Ihr linker Fuß folgte. Mit ihren ausgestreckten Armen stellte Julia Wacker eine erste Balance her, bevor sie mit der Vorwärtsbewegung begann. Zacharias Steidler ließ das Sicherungsseil locker durch seinen Abseilachter laufen, damit sie genügend Bewegungsfreiheit hatte, aber bei einem Sturz von der Slackline nur wenige Meter tief fallen konnte. Gekonnt bewegte sich Julia Wacker auf dem Band vorwärts und hatte nach nur wenigen Minuten den gegenüberliegenden Fixpunkt an der Wand erreicht. Sie drehte sich um und lächelte Zacharias Steidler zu.

Ohne ihren Blick von Zacharias Steidler abzuwenden, glitt ihre rechte Hand in Richtung ihres Klettergurtes. Sie löste den Karabiner des Sicherungsseils und ließ ihn in die Tiefe fallen. Der Karabiner schwang mit dem Sicherungsseil wie in Zeitlupe zur gegenüberliegenden Felswand. Erst ein leises, metallisches Geräusch meldete Zacharias Steidler, dass der Karabiner am tiefsten Punkt seines Fallweges angekommen war und ein paar Mal an die Granitfelsen schlug, wieder abprallte, wieder an die Granitwand schlug, abprallte und schließlich wieder verstummte.

„Julia, tu das nicht!", rief Zacharias Steidler Julia Wacker zu, da ihm die ganze Situation nicht geheuer war.

Julia Wacker lächelte ihm nur zu und setzte ihren rechten Fuß voran auf die Slackline.

„Julia, tu das nicht!", wiederholte Zacharias Steidler, das zweite Mal mit etwas lauterer Stimme.

Julia Wacker setzte ihren linken Fuß auf die Slackline und streckte ihren rechten Arm zur Seite aus.

20 Lusengipfel (26. September 2011)

Am letzten Arbeitstag seines Lebens fuhr Georg Rank wie gewöhnlich mit dem Igelbus über die Ortschaft Waldhäuser zur Endhaltestelle dieser Buslinie, um über den Wanderweg am Schutzhaus vorbei auf den Lusengipfel zu gelangen und über die so genannte Himmelsleiter wieder abzusteigen. Seit mehreren Jahren war dies allabendlich seine letzte Kontrollrunde, bevor er dann seinen Dienst als Nationalpark-Ranger in einem der Gasthöfe in Waldhäuser mit einem Abschlussbier beendete.

Gegen 18.30 Uhr erreichte er das Schutzhaus, das sich ungefähr fünfzehn Gehminuten vom Lusengipfel entfernt mit seinem tief heruntergezogenen Blechdach an den dritthöchsten Bayerwaldberg schmiegte. Wie jeden Tag, bestellte Georg Rank beim Lusenwirt eine Brotzeit, um sich für die letzte Etappe des Tages zu stärken. An diesem lauen Septemberabend hatte es um diese Uhrzeit nur noch wenige Touristen hierher verschlagen. Die meisten von ihnen hatten ihren Aufenthalt auf dem Gipfel so getimt, dass sie den letzten Igelbus noch erwischten, der um 19.00 Uhr wieder in die Tallagen des Nationalparks hinunterfuhr, wo viele Feriengäste ihre Unterkunft genommen hatten.

Georg Rank genoss die Ruhe und den schönen Ausblick hinüber in den angrenzenden tschechischen Böhmerwald. Ohne Hast verspeiste er sein Bauernbrot mit geräuchertem Speck und trank eine Halbe Bier dazu. Er verabschiedete sich von der Bedienung des Schutzhauses und ging noch kurz zu dem schwarzen Range Rover mit Frankfurter Autokennzeichen, der ihm schon bei seiner Ankunft aufgefallen war. Georg Rank umkreiste das Fahrzeug und blickte durch die Scheiben in den Innenraum. Nirgends konnte er eine Berechtigungskarte der Nationalparkverwaltung entdecken. Routinemäßig notierte er sich die Autonummer und setzte seinen Weg in Richtung Gipfel fort. Immer wieder hielt er an, um seinen Blick schweifen zu lassen. Auch nach fünfzehn Berufsjahren als Ranger hatte er sich an „seinem" Bayerischen Wald noch nicht satt gesehen. Es gab für ihn zu jeder Jahreszeit noch immer wieder neue Blickwinkel zu entdecken. Am Herbst mochte er besonders die mit tiefblauen Beeren behangenen Heidelbeersträucher. Erst gestern hatte er sich aus selbst gesammelten Früchten einen Heidelbeerpfannkuchen gebacken, den er am liebsten aß, wenn dieser unter einer Wolke von Puderzucker versteckt war, die langsam mit dem triefenden Butterschmalz zu einer nahrhaften Kruste verschmolz. Georg Rank liebte diese alten Gerichte, die noch aus der Zeit stammten, wo Fleisch bei den Einheimischen nur zu Festtagen auf den Tisch kam und die wirtschaftliche Not dazu zwang, alles zu verwerten, was die Natur in ihrem Jahreslauf - vor allem im Herbst - kostenlos und reichlich zur Verfügung stellte.

Als er sich den Felsbrocken der Gipfelregion näherte, fielen ihm vier Personen auf, die so gar nicht hierher passten. In ihren Anzügen wirkten sie in der ursprünglichen Umgebung reichlich deplatziert. Ganz im Gegensatz zu den beiden anderen Personen in Wanderkluft, mit denen sie sich anscheinend angeregt unterhielten.

„Wahrscheinlich gehört denen der Range Rover", sagte ihm sein Instinkt, der ihn nur selten im Stich ließ.

„Gibt es ein Problem?", fragte er den älteren Anzugträger, der anscheinend der Wortführer war.

Zu spät, um noch ungesehen zu bleiben, hatte er die Pistole in der Hand des jüngeren Blonden erkannt, die auf einen der beiden Wanderer gerichtet war.

„Nein! Es gibt kein Problem", antwortete der Ältere ruhig und nickte ihm ohne eine Gesichtsregung zu.

Zweimal drückte der Blonde ab, nachdem er sich zuvor kurz nach weiteren Zuschauern umgesehen hatte.

21 Regen (21. September 2011)

Langsam glitt das Tourenkajak durch diesen unberührten Abschnitt des Regenflusses. Am linken Ufer war ein dichter Fichtenwald ihr Begleiter und schirmte sie nach Süden hin mit seinem Schatten gegen die aufsteigende Mittagssonne ab, die auch im späten September noch genügend Kraft besaß, Haut zu verbrennen, wenn man sich ihr auf dem Wasser über einen längeren Zeitraum hinweg ungeschützt aussetzte. Gegen die Blendwirkung der Sonnenstrahlen auf der Wasseroberfläche hatten sich Zacharias Steidler und Karla Ebollito Sonnenbrillen aufgesetzt.

„Es ist wunderbar hier, Steidie!", schwärmte Karla Ebollito und drehte sich dabei zu Zacharias Steidler um.

Sie hatte ihr Doppelpaddel quer zum Bootsrumpf abgelegt und hielt es mit einer Hand fest. Bei der hier herrschenden, geringen Strömungsgeschwindigkeit musste sie Zacharias Steidler beim Steuern nicht mit ihrem Paddel unterstützen.

„Ja, es ist wunderschön hier! Wann sind wir das letzte Mal hier gefahren? Weißt Du das noch, Karla?"

„Das ist bestimmt über fünfzehn Jahre her, oder?"

„Sechzehn Jahre. Ich weiß es noch genau. Damals war ich bei der Polizei in München und hatte gerade Urlaub. Mein Vater hat da noch gelebt. In der Neujahrsnacht darauf ist er dann umgekommen."

„Ja, jetzt erinnere ich mich wieder. Das war eine schlimme Sache damals."

„Gestern war ich mit Julia Wacker beim Klettern am Kaitersberg. Wir sind zu den Rauchröhren hinauf."

„Da war ich auch schon lange nicht mehr. Der Weg dort hoch ist ja leider nicht barrierefrei", antwortete Karla Ebollito und in ihrer Stimme schwang bei der Betonung des Wortes „barrierefrei" eine Portion Selbstironie mit.

„Dein Mann könnte Dich doch hoch tragen oder mit einer Schubkarre hoch schieben. Bei Deinem Gewicht ist das sicherlich kein großes Problem. Ich hab Dich doch vorhin auch ganz leicht in das Kajak heben können, ohne dass sich eine meiner Bandscheiben verabschiedet hätte. Was wiegst Du? So um die fünfzig Kilo? Mehr kann das doch nicht sein, oder?"

„Einundfünfzig. Gut geschätzt, Steidie! Früher war sechzig Kilo mein Idealgewicht. Seit aber meine Beine nur noch aus Haut und Knochen bestehen, hat sich das so um die fünfzig Kilo eingependelt. Trotzdem würde mich Eduardo nirgendwo hintragen."

„Schade! Sollte er vielleicht mal tun."

„Ich werde es ihm vorschlagen. Ich kann mir das mit ihm aber nicht vorstellen."

„Pass auf, da vorne kommen die ersten Felsen. Ich glaube an denen kommen wir rechts herum am besten vorbei. Wenn ich sage Zieh, dann ruderst Du. Wenn ich sage Stoppen, dann bremst Du mit Deinem Paddel. Hier geht es noch. Aber später wird es nicht so einfach sein. Wir probieren es einfach. Okay? Und jetzt Zieh!"

Karla Ebollito nahm ihr Doppelpaddel wieder in beide Hände und stach es zuerst links in das Wasser. Sie zog es gegen den Wasserdruck nach hinten. Am Scheitelpunkt ihrer Bewegung angekommen, zog sie das linke Paddelblatt aus dem Wasser und stach mit dem rechten vorne wieder ins Wasser. Zacharias Steidler folgte mit seinem Paddel synchron ihren Bewegungen und musste nur kurz auf Höhe des Felsens korrigieren, als eine kleine Wasserwalze, die sich dort unterstrom gebildet hatte, das Kajak ins Schlingern brachte.

„Das ging ja fast perfekt!", freute sich Karla Ebollito, als sie den Felsen hinter sich gelassen hatten und wieder in ruhigerem Wasser fahren konnten.

Zacharias Steidler nickte ihr nur wortlos zu, da er damit beschäftigt war, das Kajak im Stromstrich des

Regen zu halten, um möglichst Kräfte sparend voran zu kommen. In wenigen Minuten würden sie die nächsten Felsen passieren, die sich wie die Pfosten einer Tür in den Weg stellten, die durchfahren werden wollte. Die Strömung ließ ihnen gar keine andere Möglichkeit, als zwischen den Felsen durchzufahren.

„Zieh! Zieh! Zieh! Zieh!", zählte Zacharias Steidler mit lauter Stimme den Paddelrhythmus ein.

Auch diese Felsen konnten sie mühelos passieren. Früher waren sie meistens mit Einerkajaks auf dem Regen unterwegs gewesen. Diese waren wesentlich beweglicher und damit in gewisser Weise auch wesentlich sicherer. Beim Einer war jeder auf sich selbst angewiesen und musste bei auftretenden Schwierigkeiten nicht auf andere reagieren. Beim Tourenkajak, das Zacharias Steidler und Karla Ebollito nun benutzten, kam zusätzlich erschwerend hinzu, dass der Bootskörper aufgrund der Rumpflänge auch nicht so stromlinienförmig gebaut werden konnte, als das bei den wesentlich kürzeren Einerkajaks möglich war. Bisher war das für die beiden Bootswanderer aber noch kein Problem gewesen.

„Wenn es Dir zu viel wird, sag es bitte rechtzeitig, Karla. Dann machen wir eine kleine Pause am Ufer."

„Was soll das denn heißen, Steidie? So zerbrechlich bin ich nun auch wieder nicht. Oder mache ich einen schlappen Eindruck auf Dich?"

„Nein! Ich wollte es nur gesagt haben. Es wäre kein Problem. Dann rufen wir den Bootstypen halt früher an. Kein Problem!"

„Jetzt mach Dir mal nicht ins Hemd, Steidie!"

„Ist ja schon gut, Karla!"

Die letzten Worte musste Zacharias Steidler schon lauter rufen, da sich die nächsten Felsenabschnitte bereits durch ein lautes Wasserrauschen ankündigten.

„Stoppen! Stoppen! Stoppen!", schrie er nach vorne.

Sofort fing Karla Ebollito an, mit ihrem Doppelpaddel gegen den Strom ins Wasser einzustechen, so wie Zacharias Steidler das auch begonnen hatte. Tatsächlich verlangsamte sich die Fahrt beträchtlich.

„War nur ein Test, Karla. Gleich könnte es ungemütlich werden. Wir versuchen es mal mehr links und ziehen dann nach dem ersten Felsen nach rechts rüber. Du nimmst die Paddel aus dem Wasser. Ich lenke nur. So müsste das am einfachsten gehen."

Karla drehte kurz ihr Gesicht zu Zacharias Steidler und nickte. Als weiteres Zeichen der Bestätigung zog sie ihre Paddel aus dem Wasser, hielt sie aber mit beiden Händen fest umklammert. Zwischen den nun größeren Felsen wurde das Bett des Regen verengt, wodurch sich die Fließgeschwindigkeit des Wassers an dieser Stelle plötzlich markant erhöhte. Mit einem dumpfen Schlag prallte die Bugspitze des Kajaks gegen den dritten Felsen auf der Backbordseite. Zacharias Steidler war es trotz heftigem Gegenlenken nicht gelungen, die Kollision mit dem Hindernis zu verhindern. Der Rumpf scheuerte an der rauen Oberfläche des Granitbrockens entlang, blieb zu ihrem Glück aber nicht hängen.

Mit unverminderter Geschwindigkeit riss der Regen das Boot mit sich. Beim Überqueren der folgenden Wasserwalze schaukelte sich das Kajak so auf, dass die Bugspitze bei der Abwärtsbewegung ins Wasser tauchte und sich deshalb bei der anschließenden Aufwärtsbewegung eine kleine Wasserfontäne über die Insassen ergoss. Zacharias Steidler hielt die ganze Zeit sein Paddel wie ein Ruderblatt ins Wasser, um so die Richtung der Fahrt zumindest ein wenig mit zu bestimmen, was ihm nicht immer gelang. Noch zwei weitere Felsen, dann hatten sie diesen Abschnitt geschafft. Als sie wieder in ruhigeres Fahrwasser gekommen waren, paddelte er heftig so zur rechten Seite rückwärts, dass das Kajak begann, sich querzustellen.

22 Kaitersberg (20. September 2011)

Zacharias Steidler hatte gemerkt, dass er keinen Einfluss auf Julia Wacker ausüben konnte. Sie wollte unbedingt ohne Sicherung über die Slackline. Es war wahrscheinlich in dieser Situation das Beste, nichts zu tun, dachte er. Oder hatte er vorhin etwas Falsches gesagt? Sie irgendwie provoziert? Zacharias Steidler grübelte darüber nach, während er seine Augen nicht von Julia Wacker lassen konnte.

Julia Wacker blickte starr - wie hypnotisiert - geradeaus. Es kam Zacharias Steidler so vor, als ob sie wie in Trance oder wie eine Schlafwandlerin über das Band laufen würde. Die Mitte hatte sie fast erreicht. Konzentriert und mit fließenden Bewegungen setzte sie einen Fuß vor den anderen. Die Slackline hing schlaff, aber gutmütig zwischen den Felsentürmen. Sie und Julia Wacker bildeten in diesem Moment ein gut funktionierendes Team.

Im ersten Augenblick glaubte Zacharias Steidler an einen Mückenstich, als er an seinem linken Ohr einen leicht brennenden Schmerz verspürte. Ohne seinen Kopf zu bewegen, griff er sich mit seiner rechten Hand an die schmerzende Stelle und fühlte etwas Klebriges.

„Blut!", schoss es ihm durch den Kopf.

„Blut?", dachte er, weiter kam er nicht mit diesem Gedanken.

Seine ganze Aufmerksamkeit wurde plötzlich durch Julia Wacker beansprucht, die ohne Vorwarnung aus seinem Gesichtsfeld verschwand. Erst jetzt realisierte Zacharias Steidler, was in den letzten Sekunden geschehen war. Der vermeintliche Mückenstich war ein herabfallendes Bergseil gewesen, welches haarscharf an seinem Kopf vorbei geflogen war und dabei sein Ohr nur kurz gestreift und eine kleine Schürfwunde verursacht hatte. Bevor das Seilknäuel sich aber in die Tiefe entspannen konnte, schlug es auf der Slackline von Julia Wacker auf und brachte dadurch ihr fragiles Gleichgewicht unvermittelt durcheinander. Die Slackline begann zu schwingen und Julia Wacker kippte seitlich weg, da sie die Eigenbewegungen des Bandes nicht mehr mit ihrem Körper ausgleichen konnte.

„Julia, halt Dich fest! Ich komme zu Dir rüber!", schrie Zacharias Steidler nach seiner Schrecksekunde und merkte erst jetzt, dass Julia Wacker sich auch ohne seine Aufforderung festgehalten hätte, da sie selbst wusste, dass sie einen Absturz aus dieser Höhe nicht unbeschadet überstehen konnte.

Wenigstens hatte sie es noch geistesgegenwärtig geschafft, mit beiden Händen die Slackline zu ergreifen und wie mit einem Schraubstock zu umklammern. Zacharias Steidler löste seine Karabinerverbindung zum Fixpunkt und zog das baumelnde Sicherungsseil zu sich herauf. Er hakte nun den Karabiner des Sicherungsseils an der Slackline ein und schob ihn darauf einen Meter in Richtung Julia Wacker. Zuletzt befestigte er zwei Karabiner an den beiden Seilenden seines Brustgurtes und legte sich bäuchlings auf die Slackline, streckte beide Arme nach vorne, packte mit den Händen fest das Band und zog seinen Rumpf zu den Händen hin. Mit seinen baumelnden Beinen versuchte er, so gut es ging, so auszubalancieren, dass er auf der Slackline liegen blieb und nicht im kräftezehrenden Bärenhang darunter hängen musste.

Endlich schaffte Zacharias Steidler es, sich so bis zu Julia Wacker vorzuarbeiten. Da er sie in keinem Fall hochziehen konnte, wollte er sie zuerst vor einem Absturz bewahren, indem er einen seiner beiden Karabiner von der Slackline löste und am Brustgurt von Julia Wacker festmachte. Wie auf ein Zeichen öffnete sie daraufhin ihre Hände und fiel in diese Sicherung. Offensichtlich hätte sie sich keine Minute mehr länger festhalten können. Um beide Hände frei zu haben, rollte sich Zacharias Steidler seinerseits von der Slackline und hing nun ebenfalls in der Sicherung seines Brustgurtes. Er erfasste das Sicherungsseil und zog sich - mit Julia Wacker im Schlepptau - in Richtung Felswand. Am Fixpunkt angekommen, verschnaufte Zacharias Steidler kurz, bevor er Julia Wacker hochziehen und mit einem weiteren Karabiner sichern konnte. Julia Wacker war kreidebleich und klammerte sich minutenlang schluchzend an Zacharias Steidler.

„Wir müssen da runter! Meinst Du, Du schaffst das, Julia?" sagte Zacharias nach weiteren Minuten, bekam aber keine Antwort von ihr.

Er befestigte ihr eigenes Bergseil am Fixpunkt und schnallte sich Julia Wacker wie einen Rucksack auf seinen Rücken. Mit seinem Abseilachter gelang es Zacharias Steidler, Julia Wacker bis zum Wandboden abzuseilen. Immer noch zitternd und schluchzend lehnte Julia Wacker an der Felswand.

Plötzlich wurde es über ihnen laut. Etwa vier Meter neben ihrem Standplatz seilten sich nacheinander die drei Kletterer am Felsen ab und erreichten ebenso den Wandboden. Der erste von ihnen war reichlich überrascht, als ihn Zacharias Steidler beim Kragen seiner Jacke packte, ihn kurz durchschüttelte und anbrüllte.

„Ihr Arschlöcher! Hat Euch keiner beigebracht, wie man sich beim Bergsteigen benimmt? Ihr könnt doch nicht einfach ein Seil nach unten werfen, ohne sicher zu sein, dass da unten niemand steht. Meine Freundin wäre wegen Euch Deppen beinahe abgestürzt!"

„Bleib cool Alter! Ist ja nichts passiert!", mischte sich jetzt der Zweite ein.

„Ich BIN cool, sonst hätte ich Euch schon längst eine Tracht Prügel verpasst!", antwortete Zacharias Steidler und sowohl an seiner Stimmlage als auch an seinem grimmigen Gesichtsausdruck konnte man ablesen, dass die Zündschnur an seinem Sprengsatz schon heftig am Glimmen war und jede weitere unbedachte Bemerkung der Kletterer ihn zur Detonation bringen würde.

„Ist ja schon gut, Mann! Sorry dafür! Wir haben Euch nicht gesehen. Sorry! Das kann doch mal passieren", versuchte nun der Dritte zu beschwichtigen, der als Letzter eingetroffen war und sich bisher herausgehalten hatte.

Langsam lockerte Zacharias Steidler seinen Griff am Jackenkragen und ließ schließlich ganz los.

„Merkt Euch das für die Zukunft! Das geht so nicht! In der Wand darf man nichts nach unten werfen, wenn man sich nicht vergewissert hat, dass das Gelände frei ist. Das gilt auch für Seile."

„Ja, Mann! Ist angekommen. Ist angekommen. Beruhige Dich, Mann! Sorry nochmals!"

Zacharias Steidler konnte erst jetzt wieder ruhig durchatmen, blickte den Dreien aber noch angespannt hinterher, als sie zügigen Schrittes den Wanderweg in Richtung Kötztinger Hütte einschlugen.

„Danke, Steidie!", war der erste Satz, den Julia Wacker zustande brachte, nachdem sie sich von ihrem Schock etwas erholt hatte.

„Eigentlich müsste ich Dir jetzt Deinen Arsch versohlen. Das ist gerade noch gut gegangen. Das war sehr leichtsinnig von Dir, Julia!"

Sie brachte keine Antwort heraus. Ihr war es aber anzumerken, dass sie Zacharias Steidler in diesem Augenblick völlig Recht geben musste. Zacharias Steidler sammelte ihre Kletterausrüstung und auch die Slackline ein. Wortlos marschierten sie anschließend bis zum Parkplatz, wo der Suzuki für die Rückfahrt auf sie wartete. In Neuschönau verabschiedete sich Zacharias Steidler kühl von Julia Wacker. Er war sich sicher, dass sie nicht zum Klassentreffen erscheinen würde.

23 Regen (21. September 2011)

Schließlich stand das Kajak entgegen der Flussrichtung und Zacharias Steidler und Karla Ebollito konnten noch einen letzten Blick auf die Felsendurchfahrt werfen, die sie soeben bezwungen hatten. Noch hatten sie jenen drei Kilometer langen, wildromantischen Streckenabschnitt Bärnloch noch nicht erreicht, der ihnen wesentlich mehr an Können abverlangen würde. Aber Zacharias Steidler hatte diese Tour bewusst für seinen Ausflug mit Karla Ebollito gewählt, der Frau auf dem Photo.

In der Ferne war ein leises Donnern zu hören. Karla Ebollito schaute nach oben, konnte am Himmel aber keine Wolke entdecken.

„Was ist das für ein Geräusch, Steidie?", fragte sie.

„Das ist das Bärnloch. Da geht es anscheinend gut ab. Der Regen führt ja auch eine Menge Wasser, seit es letzte Woche zwei Tage lang geregnet hat. Du hast doch keine Angst?"

„Nein, Steidie! Wenn Du dabei bist, schaffen wir das schon. Es gibt kein Zurück mehr!"

„Alles klar! Dann schauen wir mal, was das Bärnloch uns zu bieten hat."

Nach der nächsten Flussbiegung konnten sie bereits die ersten großen Felsen erkennen, die den Eingang ins Bärnloch markierten. Zacharias Steidler und Karla Ebollito hatten zu ihrer Schulzeit die Strecke mehrmals durchfahren. Aber zu unterschiedlichen Jahreszeiten und vor allem bei unterschiedlichen Pegelständen hatte der Regen immer wieder ein neues Gesicht. In trockenen Sommern war der Fluss - auch im Bärnloch - ein gutmütiger Begleiter, der die Bootswanderer mit mancher seichten Stelle auf eine Runde Bootetragen einlud. Im Frühjahr nach der Schneeschmelze konnte er aber auch ein gefräßiges Ungeheuer sein, dessen Appetit nur geübte Wassersportler unbeschadet entkommen konnten. Immer wieder büßten meist junge Leute ihr Leben dabei ein. Selbstüberschätzung in Verbindung mit mangelhafter Ausrüstung war oft genug die Unglücksursache. Erschwerend kam noch hinzu, dass die meisten Flussabschnitte von Rettungskräften nur unter sehr schwierigen Bedingungen oder gar nicht angefahren werden konnten. Um eine Nutzung nicht gänzlich untersagen zu müssen, hatte das Landratsamt Regen zumindest verschärfte Auflagen für Bootswanderer angeordnet, wie die Helm- und Schutzwestenpflicht.

Das Tourenkajak nahm immer mehr an Fahrt auf. Zacharias Steidler hatte es mittlerweile aufgegeben, Karla Ebollito Kommandos zuzurufen. Das Getöse des Wassers war so laut geworden, dass er mit seiner Stimme nicht mehr durchdringen konnte. Er musste sich jetzt darauf verlassen, dass sie in den vergangenen Jahren nicht zu viel verlernt hatte.

Das Bärnloch hatte seine Tore für sie geöffnet. In rascher Folge schrammten sie mit ihrem Kajak gegen die Felsen, wurden aber immer vom Wasser mitgerissen, ohne hängen zu bleiben. Ein Höhenunterschied von etwa zwei Metern musste nun durch einen kleinen Wasserfall überwunden werden. Eine erste Schlüsselstelle. Zacharias Steidler versuchte das Boot möglichst gerade im Wasser zu halten und fing an, wild zu paddeln, um noch mehr Vortrieb zu erhalten. Tatsächlich schnellte ihr Kajak - wie ein Skispringer über den Backen - nach vorne. Aber anders als auf einer Skisprungschanze gab es keinen steilen Aufsprunghügel. Mit voller Wucht krachte das Kajak auf die Wasserfläche auf und tauchte mit der Bugspitze so tief ein, dass das vordere Drittel des Bootskörpers mitsamt Karla Ebollito im Regen verschwand. Nur noch von ihren Schultern an aufwärts ragte sie aus dem Wasser und hielt ihr Paddel fest. Sekunden später schwappte das Boot aber wieder wie eine

Boje an die Wasseroberfläche zurück, da Material und Bauart des Bootskörpers in dieser Situation für den entsprechenden Auftrieb sorgten. Karla Ebollito drehte sich danach kurz zu Zacharias Steidler um und machte dabei einen zufriedenen Gesichtsausdruck.

Der Regen gönnte den Beiden aber keine lange Verschnaufpause. Die nächsten Felsen stellten sich ihnen direkt in den Weg. Die Länge des Zweierkajaks war nun sehr von Nachteil.

„Das könnte eng werden!", dachte Zacharias Steidler und versuchte links an dem Felsen vorbei zu kommen.

Rechts war der Weg durch eine mittelgroße Fichte versperrt, deren Wurzeln unterspült worden waren, weshalb sie nun in den Fluss hinein hing. Das nächste Hochwasser würde den Baum sicherlich ganz entwurzeln und mit sich reißen. Es half nichts! Es ging nur links herum. Zacharias drückte im Vorbeifahren mit seinem Paddel links kräftig gegen die Felsen, worauf sich das Bootsheck nach rechts verschob. Es gelang im dadurch, das Kajak in den richtigen Anstellwinkel zu bringen, um den Felsen links passieren zu können.

In schneller Fahrt ging es weiter. Noch hatten sie erst einen Teil des Bärnlochs geschafft. Zacharias Steidler paddelte und paddelte, um so das Kajak nicht passiv den Wassermassen zu überlassen. Immer wieder stellten sich ihnen kleinere oder größere Felsen in den Weg, die das Flussbett zu kleinen Katarakten formten. Für diese engen Stromschnellen war das Tourenkajak eigentlich nicht gebaut worden. Das Kunststoffmaterial des Bootskörpers war aber stark genug ausgelegt, um auch solche Belastungen auszuhalten.

Karla Ebollito hatte sich bisher gut gehalten, auch wenn ihr Paddelschwung schon merklich nachgelassen hatte. Das war aber nicht weiter tragisch. Eine Schlüsselstelle hatten sie noch zu bewältigen, dann würden sie wieder in ruhigeres Fahrwasser kommen.

„Das gibt es doch nicht!", dachte Zacharias Steidler, als sie die nächste Biegung umfahren hatten.

Mehrere große Felsen lagen vor ihnen im Wasser. Die Felsen waren es aber nicht, die ihn beunruhigten. Das Wasser hatte anscheinend eine massive Fichte mitgerissen, die sich quer zur Flussrichtung in den Felsen verkeilt hatte. Ihre Äste hingen wie ein überdimensionaler Rechen in das Wasser, dafür bereit, alles herauszufischen, was zu groß war, um zwischen den Ästen durchzuschlüpfen. Zacharias Steidler hatte keine große Auswahl. Dazu blieb ihm auch gar keine Zeit. Mit großer Geschwindigkeit schossen sie auf das Hindernis zu.

Zacharias Steidler war kurz benommen, als er aus dem Kajak gehebelt wurde. Kaum war er aber in das kalte Flusswasser eingetaucht, war er wieder hellwach. Er ließ sein Paddel los, das er noch in der Hand gehalten hatte, als ihn „etwas" gerammt und ins Wasser geworfen hatte. Als er sich in eine Bauchlage drehen konnte, wurde sein Blick stromaufwärts frei.

Das „etwas" war Karla Ebollito gewesen, die offensichtlich mit ihrer Schwimmweste an einem der Äste hängen geblieben war. Dadurch wurde sie aus dem Boot gezogen. Ihr hilfloser Körper hatte dann Zacharias Steidler einen heftigen Schlag versetzt, der ihn ins Wasser bugsierte.

Zacharias Steidler sah, dass Karla Ebollito das Bewusstsein verloren haben musste. Selbst ihre Arme hingen nun schlaff aus der Schwimmweste, die in ihrem rechten Schulterbereich eine unheilvolle Verbindung mit einem abgebrochenen Ast eingegangen war. Zacharias Steidler dachte kurz nach.

„Und eine weitere Bedingung lautet: ‚Lassen Sie es wie einen Unfall aussehen!'", schoss es ihm durch den Kopf.

Gab es denn mehr „Unfall" als ein Bootsunglück im Bärnloch? Nein!

24 Viechtach (22. September 2011)

„Und was wünscht Du dir zu Deinem Geburtstag, Petra?", fragte Zacharias Steidler, nachdem er seiner ehemaligen Schulkameradin beim Frühstück zusammen mit Ramona Klingler zu ihrem 40. Geburtstag gratuliert hatte.

„Ich hab keine Wünsche mehr. Aber wir könnten eine kleine Spritztour machen. Sagen wir um halbelf, dann sind wir bis zum Mittagessen wieder zurück."

„Wenn es weiter nichts ist, was Du Dir von mir wünschst. Diesen Wunsch kann ich Dir erfüllen, Petra."

Gegen 10.25 Uhr wartete Zacharias Steidler bei seinem Motorrad auf Petra Dellmann. Sie startete ihre gelbe Ducati und rollte aus dem Innenhof des Sporthotels. An der B 85 angekommen, bog sie dieses Mal nach rechts ab. Erneut beschleunigte sie ihre Maschine so heftig, dass Zacharias Steidler große Mühe hatte, sie nicht von Anfang an aus den Augen zu verlieren. Als er hinter Schlatzendorf die Huttersberger Höhe hinunterfuhr, konnte er sie in der Senke gerade noch in die nächste lang gezogene Rechtskurve einfahren sehen. Dahinter verdeckte ein Waldstück seine Sicht.

Nach nur zwölf Minuten erreichten sie den Ortseingang der Kreisstadt Regen, die eigentlich vom Sporthotel über dreißig Kilometer entfernt war. Die Tachonadel an der BMW fiel die ganze Fahrt über nur ein paar Mal deutlich unter 140 km/h. Nur so konnte Zacharias Steidler einigermaßen folgen. In Regen hatte Petra Dellmann kurz gewartet, um Zacharias Steidler ein Zeichen zu geben, dass die weitere Strecke über Zwiesel hinauf ins Gebiet des Großen Arbers führen würde. In rasanter Fahrt folgten sie der B 11, ließen die Stadt Zwiesel links neben der Umgehungsstrasse liegen und jagten dann ab der Ortschaft Regenhütte die noch nicht breit ausgebaute Straße zum Großen Arbersee hinauf.

Dort fuhr Petra Dellmann plötzlich bis an das Seeufer heran und stellte ihre Maschine ab.

„Die Strecke bin ich immer gern gefahren", sagte sie zu Zacharias Steidler und blies den Rauch ihrer Zigarette in die kalte Herbstluft.

„Die Strecke ist ja auch wunderschön. Auch im Herbst, wenn es nicht mehr ganz so warm ist zum Motorradfahren. Aber musst Du immer so rasen. Meine BMW ist nicht mehr die Jüngste. Ich muss sie ganz schön schinden, damit Du uns nicht abhängst, Petra."

„Lass mich doch, vielleicht ist das eh meine letzte Ausfahrt mit Dir."

„Wer weiß? Vielleicht komme ich nächstes Jahr im Sommer wieder. Dann ist es wärmer. Dann können wir die eine oder andere längere Tour fahren."

„Ja. Wer weiß? Wer weiß, was nächstes Jahr ist? Komm, lass uns weiterfahren!", sagte sie und drückte den Rest ihrer Zigarette an der Sohle ihrer Motorradstiefel aus.

Wenige Minuten später passierten sie den Bergsattel des Brennes und folgten der Strasse links nach Lohberg. Manche enge Kurve musste Zacharias Steidler langsam angehen, da er Angst hatte, dass die Zylinderdeckel seines Boxermotors durch eine zu aggressive Schräglage Schürfwunden abbekommen würden. Auf der kurvigen Strecke fiel es ihm aber trotzdem leichter, an Petra Dellmann dran zu bleiben, da die Handlichkeit seines Oldtimers den Beschleunigungsnachteil gegenüber der Ducati wieder etwas wettmachen konnte. Zumal die Kurventechnik von Petra Dellmann offensichtlich noch verbesserungswürdig war.

Nach gut einer Stunde steuerten sie Bad Kötzting an. Danach waren es nur noch wenige Kilometer bis zurück nach Viechtach und zum Sporthotel.

„Dann sind wir ja pünktlich zum Mittagessen wieder da", dachte Zacharias Steidler und sollte sich irren.

25 Regen (21. September 2011)

„Nein!", schoss es Zacharias Steidler durch den Kopf.

Er brachte es nicht fertig. Er öffnete die Verschlüsse seiner Schwimmweste, die ihn nun beim Schwimmen mehr behinderte als dass sie ihm nützte, und kraulte mit ein paar kräftigen Armzügen zu dem führerlos treibenden Kajak. Nach dem Bärnloch war der Regen wieder das friedliche Gewässer wie zu Beginn ihrer Tour.

Zacharias Steidler befestigte das Kajak am Ufer und holte den wasserdichten Behälter heraus, in dem er auch sein Stiefelmesser verstaut hatte. Er lief nun durch das hohe Ufergras bis zu dem Baum, der ihnen eben erst zum Verhängnis geworden war. Nur mühsam konnte er sich auf dem feuchten Stamm zwischen den dicken Ästen bis zu der Stelle über dem Fluss vorarbeiten, an der Karla Ebollito immer noch besinnungslos hing und mit ihrem schmalen Körper wie ein Fähnchen im Wind den Wellenbewegungen des tosenden Wassers folgen musste. Von diesem Platz aus konnte er sie nicht hochziehen. Äste versperrten ihm den Weg. Er musste zu ihr hinunter ins Wasser. Er musste versuchen, sie los zu bekommen und an Land zu bringen.

Zacharias Steidler hangelte sich nun an einem dicken Ast abwärts, bis seine Beine bis zu den Knien im Wasser baumelten. Er sah, dass er nur die Schulterpartie der Schwimmweste von Karla Ebollito aufschneiden musste. Dann würde der Baum seine Gefangene wieder freigeben. Das Problem dabei war jedoch, dass er sie dann gleichzeitig ergreifen musste, um zusammen mit ihr durch den Ausgang des Bärnlochs gespült zu werden. Gelang ihm das nicht, würde sie alleine womöglich jämmerlich ertrinken. Zacharias Steidler hielt sich nun mit beiden Händen nur noch an der Schwimmweste von Karla Ebollito fest, in der Hoffnung, dass sie sich mit dem zusätzlichen Gewicht nun losreißen würde.

Tat sie aber nicht! Er musste sie doch losschneiden. Dazu musste er aber mit einer Hand loslassen, um sein Messer erreichen zu können. Zacharias Steidler hatte jetzt keine andere Wahl mehr. Er zog sein Stiefelmesser heraus und durchtrennte mit einem beherzten Schnitt den Schultergurt der Weste. Wie von einer Kanone abgefeuert, beschleunigten daraufhin ihre beiden Körper und wurden unter Wasser zwischen den Felsen hindurchgeschleudert.

Als Zacharias Steidler in ruhigerem Wasser wieder an die Oberfläche kam, merkte er, dass er Karla Ebollito unterwegs verloren hatte. Er sah sich um und erkannte, dass sie nur wenige Meter von ihm entfernt im Wasser trieb. Die Schwimmweste hatte keine Mühe gehabt, die leichte Person wieder an die Wasseroberfläche zu befördern und dort zu halten.

„Ihr habt ein Schweineglück gehabt!", stellte der Bootsverleiher fest, nachdem er sein Kajak, Zacharias Steidler und Karla Ebollito am Regenufer wieder aufgenommen hatte.

Zacharias Steidler hatte Karla Ebollito an das Ufer geschleppt. Kurze Zeit später war sie dort aus ihrer Besinnungslosigkeit wieder aufgewacht. Er hatte daraufhin den Bootsverleiher angerufen, um sich von diesem abholen zu lassen. Glücklicherweise war das Boot nicht beschädigt worden. Lediglich die zerstörte Schwimmweste und zwei verlorene Doppelpaddel wurden ihnen noch zusätzlich in Rechnung gestellt.

„Ich kann Dich so nicht zuhause abliefern, Karla", stellte Zacharias Steidler auf dem Weg zum Sporthotel nüchtern fest.

Karla Ebollito sah ziemlich ramponiert aus. Obwohl sie sich bereits am Flussufer trockene Kleidung anziehen konnte, war sie noch nicht wieder richtig warm geworden. Bläulich gefärbte Lippen und ein leichtes Zittern am ganzen Körper unterstrichen diesen Eindruck, den Zacharias Steidler von ihr gewonnen hatte.

Mit dem Aufzug fuhren sie in die obere Etage, wo das Zimmer von Zacharias Steidler und Ramona Klingler lag. Er schob den Rollstuhl in das Zimmer und schloss die Tür hinter sich. Ramona Klingler war nicht da. Behutsam hob Zacharias Steidler die immer noch schlotternde Karla Ebollito aus ihrem Gefährt und legte sie aufs Bett. Zuerst zog er sich aus und entkleidete dann seine Begleiterin. Er nahm sie dann auf seine Arme und trug sie ins Badezimmer.

Etwa zehn Minuten standen sie unter der heißen Dusche, bis bei Karla Ebollito die Lebensgeister endgültig wieder zurückgekehrt waren. Dabei umarmte sie Zacharias Steidler und hielt ihn so fest, als ob sie nie wieder loslassen wollte. So hatten sie gar nicht gehört, wie Ramona Klingler ins Zimmer gekommen war.

„Oh! Lasst Euch nicht stören!", sagte diese nur kurz, als sie ihren Kopf durch die Badezimmertür steckte und danach gleich wieder verschwand.

„Du bekommst doch wegen mir keine Schwierigkeiten mit ihr, oder?"

„Lass das nur meine Sorge sein. Ramona wird das schon richtig verstehen, wenn ich ihr das nachher erkläre", antwortete Zacharias Steidler, während er Karla Ebollito trocken rubbelte.

Kurze Zeit später machte sie schon wieder einen frischen Eindruck auf ihn, als er ihr nach dem Haareföhnen beim Anziehen half.

Gegen 19.00 Uhr kam Zacharias Steidler aus Deggendorf zurück, wo er Karla Ebollito bei ihrem Mann abgeliefert hatte, ohne jedoch von dem überstandenen Abenteuer zu berichten. Sie waren übereingekommen, niemandem davon zu erzählen.

„Und? Hattest Du einen schönen Tag? Unter der Dusche sah das ja am Nachmittag ganz danach aus. Ich hoffe, ich habe Euch nicht zu sehr gestört", wollte Ramona Klingler wissen, als sich beide für das Abendessen zurecht machten.

„Du bist doch nicht etwa eifersüchtig? Oder doch?"

„Und wenn ich das wäre, Zach?"

„Du hättest keinen Grund dazu", antwortete Zacharias Steidler in ruhigem Ton.

„Weil sie Dir nichts bedeutet?"

„Ja, weil sie mir nichts bedeutet. Und zweitens, weil heute Nachmittag auch nichts war."

„Das Erste glaube ich Dir sogar. Beim Zweiten bin ich mir nicht so sicher. Wir beide hatten schon schöne Erlebnisse unter der Dusche. Du willst mir doch nicht ernsthaft weismachen, dass Du mit einer nackten Frau unter der Dusche stehst und dann passiert nichts. Dafür bist Du nicht der Typ, Zach!"

„Du bist also doch eifersüchtig auf sie, oder?"

„Nein, ich mag es nur nicht, wenn man mich verarscht. Sag doch einfach, wie es war. Da ist doch nichts dabei. Aber verscheißern lassen möchte ich mich nicht. Hörst Du, Zach?"

„Okay! Ihr war kalt, wir haben heiß geduscht. Dann war ihr nicht mehr kalt. Okay!"

„Was ist denn das für eine Geschichte? Die glaubst Du ja wohl selbst nicht, oder? Oder geht mit ihr nicht mehr, weil sie gelähmt ist. Ist die Dusche für sie so eine Art Sexersatz? Erkläre es mir, Zach!"

„Jetzt reicht es aber! Jetzt hör endlich auf damit! Du hörst Dich ja an wie eine keifende Ehefrau!", beendete Zacharias Steidler mit lauter Stimme die Diskussion.

„Du kannst alleine zum Essen gehen! Ich habe keinen Appetit mehr!", antwortete Ramona Klingler, warf sich aufs Bett und vergrub ihr Gesicht im Kissen, damit Zacharias Steidler ihre Tränen nicht sehen sollte.

26 Viechtach (22. September 2011)

So wie es aussah, wollte Petra Dellmann über Blossersberg zurückfahren. Kurz nach der Abfahrt zur neuen Regenbrücke bei Pirka scherte sie plötzlich aus und überholte einen Kleinlaster. Den Traktor mit Ladewagen, der soeben in die Strasse eingebogen war, erkannte sie dadurch offensichtlich zu spät. Sie riss den Lenker ihrer Ducati ruckartig nach rechts, um einem Frontalaufprall zu entgehen, schaffte es aber nicht mehr, in die nun folgende Rechtskurve einzulenken. Mit zu hoher Geschwindigkeit und zu viel Schräglage rutschte ihr jetzt das Vorderrad weg. Petra Dellmann und ihre Maschine passierten nacheinander die Leitplanken an der Kurvenaußenseite.

„Sie muss sofort tot gewesen sein. Da war wirklich für Sie mit Erster Hilfe nichts mehr zu machen. Sie sollten sich keine Vorwürfe machen. Bei diesem Verletzungsmuster hätte sie keinerlei Überlebenschance gehabt, selbst wenn ich mit meinem Arztkoffer schon im Straßengraben gewartet hätte", stellte der Notarzt sachlich fest, als er zu Zacharias Steidler hinüber ging, der mit gesenktem Kopf neben seinem Motorrad stand.

Die Aussagen des Notarztes beruhigten ihn nicht wirklich, fassten aber die trockenen Fakten drastisch und unveränderbar zusammen.

Der Fahrer des Kleinlasters hatte nur kurz gebremst und dann mit seinem Mobiltelefon sofort den Rettungsdienst in Viechtach alarmiert, als er Petra Dellmann mit ihrer Ducati unter der Leitplanke durch rutschen sah. Sie hatte dabei mit ihrer Schulterpartie kurz einen der Metallpfosten touchiert, bevor sie im Straßengraben liegen blieb. Als der Lasterfahrer und Zacharias Steidler zu ihr gekommen waren, konnten sie schon an ihrer Körperhaltung erkennen, dass es für Erste Hilfe bereits zu spät war. Auf Höhe der Schulterblätter wies ihr Rücken ein unnatürliches Hohlkreuz auf. Der Metallpfosten hatte ihr anscheinend dort das Rückgrat gebrochen. Mit offenen, aber leeren Augen blickte Petra Dellmann durch das geschlossene Visier ihres Helmes. Blut rann aus Mund und Nase und sie atmete nicht mehr.

Zacharias Steidler blieb noch an der Unfallstelle, bis die Bestatter den Leichnam von Petra Dellmann abtransportiert hatten. Werner Dellmann saß zu der Zeit - sehr gefasst wirkend - im Polizeiwagen und ließ sich von den Beamten den Unfallhergang schildern.

„Das Klassentreffen übermorgen müssen wir unter diesen Umständen natürlich absagen", pflichtete Franz Schubert bei, nachdem ihn Zacharias Steidler telefonisch vom Umfalltod ihrer gemeinsamen Schulkameradin unterrichtet hatte.

„Ich gebe den Anderen Bescheid. Das tut mir wirklich leid. Wie geht es Werner und den Kindern? Kann ich irgendetwas tun?", wollte Franz Schubert wissen.

„Ich weiß es nicht", antwortete Zacharias Steidler und das war nicht gelogen.

„Ich spreche mit Werner und ruf Dich wieder an. Heute um 19.30 Uhr ist in der Viechtacher Pfarrkirche ein Rosenkranz für Petra. Das ist das Einzige, das ich schon weiß. Ich gehe hin. Gib das an die Anderen weiter. Wer kann, sollte kommen. Das sind wir der Petra schuldig. Wann die Beerdigung sein wird, steht noch nicht fest. Wahrscheinlich aber erst am Montag", beendete Zacharias Steidler das kurze Telefonat.

Mehr hatte er nicht an Informationen für Franz Schubert, den Organisator ihres nun hinfälligen Klassentreffens.

Auch die E-Mail an Professor Spengler hielt er kurz. Aus persönlichen Gründen würde er den Auftrag zurückgeben, stand in der Nachricht an seinen Auftraggeber. Ohne eine Rückantwort abzuwarten, schloss er sein elektronisches Postfach wieder und ging zu Ramona Klingler ins Hotelzimmer hinauf.

Gegen 19.00 Uhr zog Zacharias Steidler seinen mitgebrachten dunklen Anzug an, den er eigentlich für das Klassentreffen vorgesehen hatte.

„Kommst Du mit, Ramona?"

„Nein. Mit Kirche habe ich nichts am Hut", antwortete sie trocken.

„Das ist kein Gottesdienst. Das ist ein Rosenkranz. Das ist hier bei uns so der Brauch. An den Abenden vor der Beerdigung treffen sich Familie, Verwandte, Nachbarn und Freunde in der Kirche, um einen Rosenkranz für den oder die Verstorbenen zu beten. Dazu braucht man auch keinen Pfarrer. Kommst Du jetzt mit?"

„Nein. Das gibt mir nichts. Das musst Du verstehen. Ich bleibe lieber hier im Hotel."

„Okay. Wie Du willst."

Zacharias Steidler nahm seinen VW Bully und fuhr zum Viechtacher Stadtplatz hinunter. Vor dem Eingang der Stadtpfarrkirche hatte sich schon eine kleine Menschentraube gebildet, als er eintraf. Zacharias Steidler tauchte die Fingerspitzen seiner rechten Hand in den kleinen Weihwasserkessel am Eingang des Kirchenschiffs und bekreuzigte sich. In der fünften Bankreihe setzte er sich zu einigen ehemaligen Schulkameraden.

„Gegrüßet seist du Maria, voll der Gnade, der Herr ist mit dir, du bist gebenedeit unter den Frauen, und gebenedeit ist die Frucht deines Leibes, Jesus, - **der von den Toten auferstanden ist** – Heilige Maria, Mutter Gottes, bitte für uns Sünder, jetzt und in der Stunde unseres Todes. Amen", stimmte die Vorbeterin an und die Kirchengemeinde betete mit.

„Gegrüßet seist du Maria, voll der Gnade, der Herr ist mit dir, du bist gebenedeit unter den Frauen, und gebenedeit ist die Frucht deines Leibes, Jesus, - **der in den Himmel aufgefahren ist** – Heilige Maria, Mutter

Gottes, bitte für uns Sünder, jetzt und in der Stunde unseres Todes. Amen. Gegrüßet seist du Maria, voll der Gnade, der Herr ist mit dir, du bist gebenedeit unter den Frauen, und gebenedeit ist die Frucht deines Leibes, Jesus, - **der uns den heiligen Geist gesandt hat** – Heilige Maria, Mutter Gottes, bitte für uns Sünder, jetzt und in der Stunde unseres Todes. Amen. Gegrüßet seist du Maria, voll der Gnade, der Herr ist mit dir, du bist gebenedeit unter den Frauen, und gebenedeit ist die Frucht deines Leibes, Jesus, - **der dich, o Jungfrau, in den Himmel aufgenommen hat** – Heilige Maria, Mutter Gottes, bitte für uns Sünder, jetzt und in der Stunde unseres Todes. Amen. Gegrüßet seist du Maria, voll der Gnade, der Herr ist mit dir, du bist gebenedeit unter den Frauen, und gebenedeit ist die Frucht deines Leibes, Jesus, - **der dich, o Jungfrau, im Himmel gekrönt hat** – Heilige Maria, Mutter Gottes, bitte für uns Sünder, jetzt und in der Stunde unseres Todes. A-men."

Wie in Trance murmelte Zacharias Steidler den Glorreichen Rosenkranz, das Vaterunser und das Glaubensbekenntnis in der immer gleichen Geschwindigkeit der Vorbeterin mit. In Gedanken fühlte er sich dabei in den Januar 1996 zurück versetzt, als er das letzte Mal an einem Rosenkranz teilgenommen hatte. Für seinen Vater. Damals saß er mit seiner Schwester und seinen Verwandten in der ersten Reihe, so wie heute Werner Dellmann und seine Töchter in der ersten Reihe saßen.

Zacharias Steidler blieb noch eine Weile in der Kirche sitzen, als der Rosenkranz zu Ende war. Er beobachtete die Menschen, die mit mehr oder weniger Anteilnahme dem Rosenkranz beigewohnt hatten, beim Verlassen der Stadtpfarrkirche. Einige waren sicherlich nur aus reiner Neugier gekommen. Ein paar ältere Frauen, weil sie jeden Tag in die Kirche gingen, unabhängig davon, ob es einen konkreten Anlass gab oder nicht.

Als sich das Gotteshaus geleert hatte, stand auch Zacharias Steidler auf. Er war überrascht, Ramona Klingler draußen vor der Tür anzutreffen.

„Ich wusste nicht, was es für Dich bedeutet. Verzeih mir, Zach", begann sie.

„Und jetzt weißt Du es plötzlich, Ramona?"

„Nein. Aber ich habe gemerkt, dass es Dir sehr wichtig ist. Vielleicht kannst Du auch nicht anders."

„Wie kommst Du denn darauf?"

„Ich meine, Du bist ein cooler Typ, der solche Dinge nicht an sich ran lässt. Aber anscheinend ist ein Rosenkranz für Dich etwas, über das es keine Diskussion gibt. Oder liege ich da falsch?"

„Ramona, wenn Du hier in der Gegend aufgewachsen bist, stellen sich manche Fragen nicht. Wenn ein naher Angehöriger, oder ein Freund, oder ein Nachbar stirbt, dann geht man zum Rosenkranz. Das ist so der Brauch. Da musst Du gar nicht lange überlegen. Und wenn Du dabei gewesen bist, wenn jemand stirbt, erst recht! Verstehst Du das jetzt?"

„Zach, ich muss gar nicht alles verstehen. Ich möchte aber an allem Anteil nehmen, was Dich beschäftigt. Ist das so schlimm?"

„Ramona, lassen wir das! Komm, wir fahren zum Hotel. Ich wollte noch mit Werner sprechen."

Zacharias Steidler nahm die Hand von Ramona Klingler. Wie ein Paar schlenderten sie über den Stadtplatz zum dort abgestellten Wagen. Am Hotel angekommen, ging Ramona Klingler sofort auf ihr Zimmer, während Zacharias Steidler nach Werner Dellmann suchte. Er fand ihn im Büro. Zacharias Steidler hatte schon lange keinen Mann mehr weinen sehen. Von Werner Dellmann hatte er das auch nicht erwartet. Er war so in ein Schriftstück vertieft gewesen, dass er seinen Besucher nicht hatte kommen hören.

„Kann ich irgendetwas für Dich und die Mädchen tun?“, fragte Zacharias Steidler.

Wortlos streckte ihm Werner Dellmann den handgeschriebenen Brief entgegen, den er gerade gelesen hatte, und wischte sich seine Augen mit einem Taschentuch.

„Lieber Werner, bitte verzeih mir! Wenn Du diesen Brief gelesen hast, wirst Du mich vielleicht nicht verstehen, aber ich konnte nicht anders…“, begann der Abschiedsbrief von Petra Dellmann an ihren Mann.

„Ich hab das nicht geahnt, glaub mir das!“

Zacharias Steidler überlegte kurz, was er darauf erwidern sollte, zog es aber vor, nichts zu sagen, sondern nur zuzuhören. Obwohl er Werner Dellmann nur sehr oberflächlich kannte, schüttete ihm dieser gerade sein Herz aus. Er erzählte ihm, wie er mit Petra Keller zusammen gekommen war, wie sie Frau Dellmann geworden war, wie er sie mit seinen manchmal etwas kühnen Ideen anscheinend an den Rand der Verzweiflung und darüber hinaus getrieben hatte, wie er mit seinen geschäftlichen Schnapsideen in den wirtschaftlichen Ruin gesteuert war. Er erzählte auch von seinen Affären, zuletzt mit Elisabeth Baumgartner, genannt Lizzy, eine seiner Angestellten. Und er erzählte, dass es ihm wahnsinnig Leid täte. Und er jetzt erst gemerkt hätte, welche Fehler er gemacht hätte. Zu spät gemerkt hätte.

Zacharias Steidler hörte zu, ohne etwas zu erwidern. Als er jedoch merkte, dass die Geschichte von Werner Dellmann zu Ende war, nahm er das auf dem Tisch liegende Feuerzeug und zündete den Brief an.

„Was machst Du da?“, rief Werner Dellmann, sah ihn entgeistert an und versuchte, das brennende Papier zu ergreifen.

„Das ist die letzte Nachricht von Petra! Warum hast Du das getan?“

Werner Dellmann konnte nur noch der verglimmenden Asche zuschauen in dem Metallmülleimer, in welchen Zacharias Steidler den brennenden Brief geworfen hatte, bevor Werner Dellmann es verhindern konnte.

„Wenn den Brief jemand findet, dann zahlt die Versicherung nicht.“

„Die Versicherung? Welche Versicherung?“

„Petra hat mir von ihrer Lebensversicherung erzählt. Die zahlt nicht bei Selbstmord.“

„Aber das ist doch jetzt völlig unwichtig!“

„Werner, Petra hätte gewollt, dass Du mit dem Geld aus der Lebensversicherung Eure Schulden begleichst, damit Eure Mädels später eine Existenz haben.“

„Daran habe ich noch gar nicht gedacht.“

„Ich aber! Von mir erfährt niemand etwas, das verspreche ich Dir. Und das verspreche ich auch Petra!“

„Du bist ganz schön abgebrüht. Bist dabei, wenn Petra stirbt und denkst gleich danach eiskalt ans Geld. Aus Dir werde ich nicht schlau, Zacharias. Aber trotzdem - Danke! Wahrscheinlich ist es so am Besten.“

Zacharias Steidler ging auf sein Hotelzimmer und legte sich zu Ramona Klingler ins Bett, die schon eingeschlafen war. Er grübelte noch geraume Zeit und starrte in den dunklen Raum. Schließlich stand er auf und setzte sich auf den Stuhl, der auf dem Balkon stand. Da es um diese Zeit schon ziemlich kühl war in der Nacht, hatte er sich seine Motorradjacke übergezogen und seine Beine mit der Bettdecke geschützt. Eine kleine Mondsichel des abnehmenden Mondes war zu sehen. In ein paar Tagen würde Neumond sein. Um diese Zeit drangen nur noch wenige Geräusche aus der Umgebung zu ihm auf seinen Ansitz. Einmal war ein lautes Motorengeräusch zu hören. Wahrscheinlich ein Motorradfahrer, der die letzten Septembertage noch für Ausfahrten nutzte, bevor ab Oktober sein Gefährt abgemeldet überwinterte. Bei dem Geräusch musste Zacharias Steidler auch an Petra Dellmann denken. Manches von dem, was sie ihm gesagt hatte, konnte er immer noch nicht verstehen.

27 Lusengipfel (26. September 2011)

Gegen 14.30 Uhr hatten die meisten Gäste den Leichenschmaus anlässlich der Beerdigung von Petra Dellmann beendet und das Restaurant des Sporthotel St. Anton am Pfahl schon wieder verlassen. Um 10.00 Uhr hatte sich an diesem Montag eine große Trauergemeinde in der Viechtacher Stadtpfarrkirche versammelt, um von der Gastronomin Abschied zu nehmen. Petra Dellmann war in einigen Ortsvereinen Mitglied und sehr beliebt gewesen. Deshalb säumten mehrere Vereinsfahnen links und rechts den Altarraum des Gotteshauses und senkten sich auch später zu ihren Ehren auf dem Viechtacher Friedhof an ihrem offenen Grab. Der Stadtpfarrer hielt eine ergreifende Predigt. Sabine Paukner, die Schülersprecherin des Abiturjahrgangs 1991, sprach im Namen der anwesenden ehemaligen Mitschüler des Dominicus-von-Linprun-Gymnasiums und legte einen Kranz nieder, an dessen Beschaffung sich auch die ehemaligen Lehrer von Petra Dellmann finanziell beteiligt hatten.

Eduardo Ebollito gehörte mit seiner Frau zu den Trauergästen, die am Nachmittag um diese Zeit noch an einem Tisch zusammen saßen. Er hatte seine Frau bereits mehrfach gedrängt, zu gehen. Sie wollte aber noch etwas in der Gesellschaft ihrer alten Freunde bleiben, zu denen ihr Mann keinen Zugang gefunden hatte.

„Wir müssen über Karla sprechen, Eduardo", sprach Zacharias Steidler ihn an, als beide nebeneinander auf der Terrasse des Restaurants standen.

„Wozu willst Du mit mir über Karla sprechen?"

„Es ist wichtig, Eduardo. Auch für Dich."

„Hast Du was mit ihr? Ich hab schon gemerkt, dass sie völlig verändert von Eurem gemeinsamen Ausflug zurückkam. Ist mir - ehrlich gesagt - aber auch egal. Du kannst sie haben. Du wirst aber nicht viel Spaß haben mit ihr. Mit Ficken ist bei ihr nichts mehr drin. Zumindest spürt sie nichts dabei. Also worüber willst Du mit mir sprechen?"

„Ich will Deine Frau nicht. Und ich hab auch nichts mit ihr. Es geht um ein Geschäft."

„Welches Geschäft?"

„Das können wir hier nicht besprechen. Wir treffen uns an einem ruhigen Ort."

„Was soll das? Entweder Du sagst, was Du von mir willst oder Du lässt mich in Ruhe!"

„Du hast gerade gesagt, ich würde nicht viel Spaß mit Karla haben. Weil ich nicht mehr lange Spaß mit ihr haben würde. Vielleicht nur noch bis Ende nächster Woche. Weil Du diesen Termin gesetzt hast, Eduardo?"

„Spuck endlich aus, was Du von mir willst oder ich mach Dich fertig!"

„Das kann ich mir nicht vorstellen, wo ich doch eine Pistole mit Deinen Fingerabdrücken besitze."

„Eduardo, wir fahren!", rief plötzlich Karla Ebollito und unterbrach die Unterredung der beiden Männer.

„Ich melde mich!", gab ihm Zacharias Steidler noch mit auf den Weg zu seinem Wagen.

Er vermied es jedoch, sich von Karla Ebollito zu verabschieden und ging zurück ins Restaurant.

Zacharias Steidler meldete sich bei Eduardo Ebollito schon kurz nachdem dieser mit seiner Frau in ihrem Haus in Deggendorf angekommen war.

„Wir treffen uns um 19.30 Uhr auf dem Lusengipfel. Keine Tricks! Und du kommst alleine! Und zieh Dir Wanderklamotten an, damit Du nicht so auffällst!", hatte er am Telefon gesagt.

„Was ist, wenn ich nicht komme?", wollte Eduardo Ebollito wissen.

„Du wirst kommen!", antwortete Zacharias Steidler und beendete das Telefonat.

Zuvor hatte er erneut mit Professor Spengler gesprochen. Dieser hatte ihm erklärt, dass er auf die Ausführung des Auftrages bestehen müsse und nur der Auftraggeber den Auftrag zurücknehmen könne, falls er seine Meinung geändert hätte.

„Ich kümmere mich drum!", hatte er Professor Spengler gesagt, aber in dessen Stimme wenig Verständnis oder Zustimmung heraushören können.

Schließlich hatten sie sich auf einen gemeinsamen Treffpunkt geeinigt, an dem sie sich mit dem Auftraggeber besprechen würden.

„Auf dem Lusengipfel oder nirgendwo!", hatte Zacharias Steidler dem Professor gesagt, als der mit seinem Vorschlag nicht einverstanden war.

Zacharias Steidler hatte da aber schon seinen Wagen beim Bauernhausmuseum in Finsterau abgestellt und den Aufstieg zum Lusen angetreten. Auf einen anderen Treffpunkt konnte und wollte er nicht mehr eingehen. Und Eduardo Ebollito war auch schon dorthin unterwegs. Zacharias Steidler hatte sich nur gewundert, dass der Professor nicht darauf hingewiesen hatte, dass er so schnell gar nicht vor Ort sein könne. Anscheinend hielt sich Professor Spengler schon in der Gegend auf. Vielleicht hatte er das alles kommen sehen und war seinem Schützling gefolgt. Oder hatten sie ihn die letzten Tage über schon überwacht, um herauszufinden, wie er reagieren würde.

Zacharias Steidler wusste es nicht und er hatte auch keine Möglichkeit, einen alternativen Plan auszuhecken. Er hatte alles auf diese Karte gesetzt, die mit einem gewissen Risiko verbunden war. Zuvor hatte er Ramona Klingler in Plattling in einen Zug nach Frankfurt gesetzt. Um sie konnte er sich jetzt nicht kümmern. Anschließend war er über die Nationalparkroute nach Grafenau gefahren und schließlich nach Finsterau. In gut eineinhalb Stunden schaffte er den Aufstieg zum Lusengipfel. Es war 18.00 Uhr und Zacharias Steidler hatte noch genügend Zeit, sich auf dem Gipfel umzusehen und den Inhalt seines Rucksacks zu verstecken. Sie würden ihn bestimmt durchsuchen, weshalb er sowohl sein Stiefelmesser als auch seine Pistole unter einem Felsblock verbarg. Zusammen mit der zweiten Waffe, mit der Eduardo Ebollito seine Zielübungen gemacht hatte, ohne zu erahnen, in welche Schwierigkeiten ihn das nun bringen konnte.

Am Horizont berührte die untergehende Sonne bereits das südlich des Großen Rachels gelegene Waldmeer. Die letzten Wanderer machten sich auf in Richtung Lusenschutzhaus, wo der Wirt um diese Zeit schon begann, sich auf den Feierabend einzustellen. Zacharias Steidler war nun für eine kurze Zeit ganz alleine mit seinen Gedanken. Er ließ die letzten Tage Revue passieren und stellte als Ergebnis fest, dass er sich in ein Dilemma hinein manövriert hatte, aus dem es kein Entrinnen mehr gab. Er hätte jetzt verschwinden können. Damit hätte er aber nur hinausgezögert, was unausweichlich war. Deshalb blieb er ruhig sitzen, als sich aus Richtung Schutzhaus vier Personen näherten und nahezu zeitgleich eine weitere Person über die Himmelsleiter der Gipfelregion entgegen stieg.

Professor Spengler und seine drei Begleiter passten nicht so recht in das Landschaftsbild. Der elegante ältere Herr in seinem gedeckten Anzug sah nicht wie ein Naturliebhaber aus. Eher wie ein knallharter Geschäftsmann, der sich nicht einer Umgebung anpasste, sondern die Umgebung an sich. So wie seinen Begleitschutz, der ihn umgab.

„Zacharias, Sie hätten sich das Versteckspiel sparen können“, begann Professor Spengler ohne Zeit für eine Begrüßung zu verlieren.

„Ich wollte nur sicher gehen, dass wir ungestört sind“, antwortete Zacharias Steidler.

„Ach, da ist ja auch schon unser Kunde, der gleich seine Meinung ändern wird. Ist es nicht so, Tango?“, fragte der Professor mit einem leichten Sarkasmus in seiner Stimme.

„Was soll das heißen, Zacharias?“, wollte Eduardo Ebollito wissen, der Professor Spengler und seine Begleiter offensichtlich nicht einordnen konnte.

„Regel Nummer eins: keine Beziehung zur Zielperson oder seiner Umgebung. Gegen diese Regel haben Sie verstoßen, Tango. Das ist ein unverzeihlicher Fehler gewesen.“

„Jetzt sind Sie aber unfair, Professor! Durch die Auswahl des Auftrages hatte ich ja gar keine andere Möglichkeit.“

„Regel Nummer zwei: es gibt in diesem Geschäft keine Fairness. Sie hätten auch ablehnen können. Aber das hat Ihr Berufsethos nicht zugelassen. Sie dachten, das macht Ihnen nichts aus. Ist es nicht so, Tango?“

„Jetzt sind Sie schon wieder unfair.“

Eduardo Ebollito hatte immer noch nicht verstanden, worum es hier die ganze Zeit ging.

„Was soll der Scheiß hier?“, unterbrach er die Diskussion von Professor Spengler mit seinem Studenten.

„Herr Ebollito, es geht gerade um Ihr Leben, falls Sie das noch nicht gemerkt haben sollten. Also hören Sie gut zu!“, wies ihn Professor Spengler zurecht.

„Wer sind die Typen, Zacharias?“, wollte Eduardo Ebollito nun von Zacharias Steidler wissen und man konnte eine gewisse Nervosität aus seiner Stimme heraushören.

Von dem sonst so arrogant auftretenden Geschäftsmann war bei Eduardo Ebollito momentan nicht viel zu spüren. Das lag vielleicht einerseits an der Wanderbekleidung, in der er sich sichtlich unwohl fühlte, andererseits wahrscheinlich aber an den Pistolenmündungen, die auf ihn und Zacharias Steidler gerichtet waren.

„Regel Nummer drei: ein Geschäft ist ein Geschäft!
Es gibt kein zurück! Dein Freund hier kennt Dich und
er kennt nun mich. Beides ist ein großes Risiko für alle
Beteiligten. Ich fürchte, wir haben keine andere Wahl",
dozierte Professor Spengler wie ein Schauspieler bei
einem Monolog.

„Eduardo, zieh Deinen Auftrag zurück! Das ist Deine letzte Chance!"

„Welchen Auftrag?", fragte Eduardo Ebollito, weil
er die Aufforderung von Zacharias Steidler offensichtlich nicht verstand.

„Du hast uns beauftragt, Karla zu töten. Diesen Auftrag musst Du zurücknehmen, verstehst Du das?"

„Nein, verstehe ich nicht! Ich habe niemanden beauftragt. Und schon gar nicht Dich!"

„Gibt es ein Problem?", fragte plötzlich eine tiefe
Stimme mit bayerischem Akzent.

„Nein! Es gibt kein Problem", antwortete Professor
Spengler ruhig und nickte Edgar Reuß ohne eine Gesichtsregung zu.

Zweimal drückte der Blonde ab, nachdem er sich
zuvor kurz nach weiteren Zuschauern umgesehen hatte.
Der tödlich Getroffene knickte seitlich ein und stürzte
zwischen zwei Felsbrocken neben dem Gipfelkreuz.
Sein Oberkörper hob und senkte sich noch kurz für ein
paar Atemzüge. Nach einem letzten Röcheln war er
dann still. An den Abzeichen an seiner Jacke war der
Tote als Nationalpark-Ranger zu erkennen. Georg Rank
stand auf dem Namenschild.

Als ob diese Episode eben nicht passiert wäre, fuhr
Professor Spengler nun fort, über Loyalität zu philoso-
phieren. Da erst merkte Zacharias Steidler, dass Eduardo Ebollito tatsächlich keinen Mordauftrag für seine
Frau abgegeben hatte, sondern die Geschichte einzig
und alleine als Test für ihn angelegt gewesen war.

Und Zacharias Steidler hatte die ganze Sache nicht durchschaut. Er hatte nun keine Wahl mehr. Es gab zwei Möglichkeiten für ihn. Entweder er tötete Eduardo Ebollito und blieb damit vielleicht am Leben oder sie würden sie beide töten. Beiden Möglichkeiten war es gemeinsam, dass Eduardo Ebollito als unliebsamer Zeuge sterben würde, da er für das Spielchen des Professors nutzlos geworden war.

Zacharias Steidler hatte schon vielen Menschen in die Augen geschaut, bevor er sie getötet hatte. Sein Gesichtsausdruck war aber starrer als sonst, während er den einen Schuss abfeuerte, den ihm Edgar Reuß zugebilligt hatte.

„Gehen wir!", befahl Professor Spengler, nachdem Eduardo Ebollito sein Leben ausgehaucht hatte.

Tatsächlich hatten sie Zacharias Steidler am Leben gelassen und waren ohne ihn weg gefahren. Er saß noch eine Weile vor dem Lusen-Schutzhaus und starrte zum sternenklaren Nachthimmel hinauf. Schemenhaft war der Neumond zu sehen.

Mit zügigen Schritten folgte Zacharias Steidler dem Wanderweg zum Gipfel. Am reglosen Körper des Rangers prüfte er die Vitalfunktionen, konnte sich aber nur von dessen Tod überzeugen. Edgar Reuß hatte mit einem Treffer sein Herz durchlöchert. Bei Eduardo Ebollito konnte er sich diese Kontrolle sparen. Als er ihm die Pistole mit seinen Fingerabdrücken in die Wanderjacke steckte, sah er im Halbdunkel die Blutspritzer an den Felsbrocken, die der letale Kopfschuss verursacht hatte.

Während Zacharias Steidler nach Finsterau abstieg, hatte er eine Stunde Zeit, seine Situation zu überdenken. Professor Spengler hatte seine Loyalität getestet. Warum, wusste er nicht. Aber, dass er den Test offensichtlich nicht bestanden hatte.

Warum hatten sie ihn am Leben gelassen? Vielleicht aus logistischen Gründen?

Ein toter Ranger und ein toter Geschäftsmann aus Deggendorf konnten am Lusengipfel liegen bleiben. Seine Leiche hätte aber vielleicht zu viele Fragen aufgeworfen. Aufgeschoben ist nicht aufgehoben? Davon musste Zacharias Steidler ausgehen.

Er war der Musterschüler von Professor Spengler gewesen. Im Studium und als Auftragsmörder Tango. Sie waren Seelenverwandte. Beide konnten sie einen Sachverhalt ohne moralische oder ethische Bedenken bis zum Schluss analysieren. Als Polizeioffizier musste Zacharias Steidler oft gewisse, aus diesen Analysen abgeleitete Erkenntnisse, dann aber ablehnen, wenn sie gegen geltendes Recht und Gesetz verstießen. Als Polizist durfte er keinen Tatverdächtigen foltern, um an Informationen zu kommen. Auch durfte er keinen Täter töten, selbst wenn es sich um einen Massenmörder handelte. Die deutsche Justiz sah keine Todesstrafe vor. Und wenn doch, hätte sie nicht von einem Exekutivorgan ohne vorheriges Urteil ausgeführt werden dürfen. Selbst der finale Rettungsschuss war nicht frei von rechtlichen Bedenken. Mit den Bedenkenträgern hatte sich Zacharias Steidler als verantwortlicher Vorgesetzter bei Polizeieinsätzen oft genug auseinander setzen müssen. Und das immer hinterher in einer gut geheizten Amtsstube eines Staatsanwaltes. Und oft hatte er sich dabei für etwas rechtfertigen müssen, was er im Auftrag des Staates getan hatte. Nach den Regeln dieses Staates. Als Tango gab ihm Professor Spengler die Regeln vor. Gegen die er nun offensichtlich verstoßen hatte.

Am Parkplatz des Bauernhausmuseums angekommen hatte er einen vagen Plan. Er setzte sich in seinen Wagen und fuhr mit hoher Geschwindigkeit durch die Dunkelheit. Wenn er richtig lag mit seinen Vermutungen, durfte er keine Zeit verlieren. Gegen 04.30 Uhr erreichte er seine Wohnung in Stuttgart. Müde legte er sich ins Bett und stellte den Wecker auf acht Uhr.

28 Stuttgart (27. September 2011)

Zacharias Steidler wachte auf, kurz bevor der Wecker seinen Auftrag ausgeführt hätte. Eine halbe Stunde später stand er geduscht und frisch rasiert vor dem Spiegel in seinem Badezimmer. Zehn Minuten hatte er danach für eine Verwandlung gebraucht. Nun trug er einen kurz gehaltenen Vollbart und seine künstlichen Augenbrauen wesentlich buschiger, als es seine natürlichen waren. In Jeans und mit Skatermütze fiel er in Stuttgart sicherlich nicht groß auf. Gegenüber dem Eingang zum Kuffner-Hochhaus bezog Zacharias Steidler einen ersten Beobachtungsstand. Das war der erste Teil seines Plans.

Er ging davon aus, dass Professor Spengler einen Killer auf ihn ansetzen würde. Heute Morgen oder frühestens gestern Abend wäre der Auftrag zu seiner Beseitigung raus gegangen. Das hieß im Klartext, dass der Mörder im Laufe des heutigen Tages an sein Postfach im Kuffner-Hochhaus gehen würde, um seine Unterlagen entgegen zu nehmen. Oder auch nicht.

Zacharias Steidler hatte nur einen kleinen Anhaltspunkt. Und der hieß Peter Gerster. Auf dem Weg zum Kuffner-Hochhaus war Zacharias Steidler bei ihm im Kocherweg 12 kurz vor dem Haus gestanden. Zu der Zeit war er noch zuhause bei seiner Frau. Diese hatte dann das Haus verlassen. Sie war an Zacharias Steidler vorbei zur Bushaltestelle gegangen, ohne ihn zu registrieren. Sie trug ein dunkles Kostüm, darüber einen leichten Mantel. „Bürojob!", mutmaßte Zacharias Steidler.

Nach etwa zwei Stunden verlegte Zacharias Steidler seinen Platz ins Innere eines Cafes. Er wählte einen Fensterplatz und konnte von dort aus den Eingang zum Hochhaus überwachen, gleichzeitig aber auch frühstücken. Bis zur Mittagszeit tat sich nichts.

„Bingo!", dachte Zacharias Steidler, als Peter Gerster gegen 14.00 Uhr auftauchte.

Zu der Zeit saß Zacharias Steidler gerade an der Bar der Lobby des Kuffner-Hochhauses und trank einen Espresso. Zielstrebig ging Peter Gerster zum Fahrstuhl, schaute sich kurz um, bevor er einstieg, und verschwand für zwanzig Minuten nach oben. Er blickte sich erneut kurz um, nachdem er den Fahrstuhl wieder verlassen hatte. So, wie er das beim letzten Mal getan hatte. Ebenso nahm er dieses Mal zunächst die S-Bahn bis zum Stuttgarter Hauptbahnhof und von dort aus den Bus der Linie 34. Von der Haltestelle aus war es etwa ein halber Kilometer bis zu dem Haus Kocherweg 12. Peter Gerster öffnete die Tür der Doppelhaushälfte mit einem Schlüssel. In dem Moment, in welchem er den Schlüssel aus dem Schloss gezogen hatte, rammte ihn Zacharias Steidler von hinten und bugsierte ihn mit Schwung in den Hausflur, wo er auf dem Boden liegen blieb.

„Wer sind Sie?", fragte Peter Gerster, als er sich auf den Rücken gedreht hatte und zu Zacharias Steidler hochschaute, der gerade die Tür hinter sich zugedrückt hatte, um unliebsame Beobachter von den weiteren Geschehnissen auszuschließen.

Ohne auf die Frage mit Worten zu reagieren, drückte er dreimal ab. Aus der kurzen Entfernung konnte Zacharias Steidler sein Ziel nicht verfehlen. Ein Treffer in die Stirn und zwei Einschüsse in die Brust beendeten sogleich das Leben von Peter Gerster.

Jetzt kam für Zacharias Steidler die Auflösung des ersten Rätsels. Er nahm den kleinen Rucksack von Peter Gerster, öffnete ihn und kippte den Inhalt neben die Leiche. Mit einem lauten Klack schlug eine Pistole auf dem Pflaster auf. Der Umschlag machte dagegen bei seinem Aufschlag kein markantes Geräusch.

Zacharias Steidler war erleichtert. Die Chance, gerade einen Unschuldigen getötet zu haben, lag immerhin bei fünfzig Prozent. Er steckte die Pistole in die Innentasche seiner Jeansjacke, rollte den Umschlag zusammen und hielt ihn wie ein Staffelholz in der Hand. Das aufgemalte V hatte er da schon mit Genugtuung registriert.

Erst in seiner Wohnung in der Daimlerstrasse begutachtete Zacharias Steidler seine Beute. Die Pistole überprüfte er kurz, schraubte den Schalldämpfer ab und verstaute alles zusammen in seinem Waffenschrank. Peter Gerster war Viktor. Ob es im Alphabet von Professor Spengler zwischen T für Tango und V wie Viktor noch einen U gab, war anzunehmen. U wie. Ja wie eigentlich? Im NATO-Buchstabieralphabet stand U für Uniform. Das wusste Zacharias Steidler. Er verschwendete jetzt darauf aber keine weiteren Gedanken. Der Inhalt des Umschlages war viel wichtiger für ihn.

Professor Spengler hatte zu dem üblichen Auftragszettel vier Photos beigelegt. Eines davon zeigte Zacharias Steidler zusammen mit Ramona Klingler. Von ihr war im Text aber nicht die Rede. Sie war anscheinend für Professor Spengler unwichtig. Die anderen Photos zeigten ihn in seiner Garage, vor der Stadtpfarrkirche in Viechtach und im Restaurant des Sporthotels St. Anton am Pfahl. Sie hatten ihn also richtiggehend beschattet. Deshalb war Professor Spengler auch so schnell zur Stelle gewesen, als Zacharias Steidler ihm den Treffpunkt Lusengipfel genannt hatte.

Jetzt wurde ihm so Einiges klar. Aber nicht alles. Sie hätten ihn töten können. Warum der Aufwand? Wahrscheinlich wollte sich Professor Spengler die Finger selbst nicht schmutzig machen, sondern nur die Fäden ziehen, wie er das immer gemacht hatte.

Fäden ziehen? Zacharias Steidler war sich schon manches Mal wie eine Marionette der Augsburger Puppenkiste vorgekommen. Nun hatte er sich herausgenommen, die Fäden zu kappen und seine eigenen Pläne zu verfolgen. Aber waren es wirklich seine eigenen Pläne? Zacharias Steidler war sich nicht sicher. Aber momentan hatte er einen eigenen Plan, der bisher funktioniert hatte. Entweder lag es daran, dass er antizipieren konnte, was Professor Spengler vorhatte. Oder daran, dass auch ein Professor Spengler nur eine begrenzte Anzahl von Möglichkeiten nutzen konnte. Das Erste war eher wahrscheinlich. Das Letztere konnte Zacharias Steidler nicht abschließend beurteilen. War im Moment auch nicht wichtig für ihn.

Zacharias Steidler war noch am Leben. Das zählte für ihn. Ramona Klingler war in relativer Sicherheit. Relativ. Vielleicht hatten sie U wie - egal wie! – auf sie angesetzt. Oder auch nicht. Wieder dieses „oder auch nicht". Zacharias Steidler versuchte, diese Gedanken zu verdrängen und sich nur auf seinen nächsten Schritt zu konzentrieren. Trotzdem drückte er auf seinem Handy die Nummer von Ramona Klingler. Sie wäre momentan nicht erreichbar, verkündete die Mailbox. Er könne ihr nach dem Pfeifton eine Nachricht hinterlassen. Sie würde ihn zurückrufen.

Eigentlich hätte er jetzt gerne ihre Stimme gehört, um sich zu vergewissern, dass es ihr gut ginge. Oder um zu hören, dass sie ihn vermisse. Da war plötzlich dieses Gefühl, dass er schon im Sporthotel gehabt hatte. Das er bisher immer erfolgreich ignoriert hatte. Noch einmal ignorierte er es und packte eine Sporttasche mit einer Pistole und genügend Munition, um sich auch gegen mehrere Angreifer zur Wehr setzen zu können.

Rosa Pietsch wunderte sich, dass sich Zacharias Steidler von ihr verabschiedete, bevor er seinen VW Bully bestieg, um auf die Daimlerstrasse hinaus zu fahren. Das hatte er bisher noch nie gemacht. Sie hatte aber keine Ahnung davon, welche Bedeutung sie dieser unerwarteten Geste zumessen sollte. Sie würde es auch nie erfahren.

29 Frankfurt (28. September 2011)

Zacharias Steidler hatte seinen VW Bully in einer Seitenstrasse abgestellt und ging das letzte Stück zu der Jugendstilvilla zu Fuß. Er drückte den Klingelknopf neben der massiven Eichentür.

„Prof. Dr. Ragnar Spengler", stand auf dem Messingschild unter der Klingelbetätigung.

Ein sonores Surren begleitete die Entriegelung des Türschließmechanismus und Zacharias Steidler konnte die Tür zur Villa von Professor Spengler aufdrücken. Er kannte sich aus in diesem großen Haus. Zielstrebig durchschritt er die großzügige Eingangshalle im Erdgeschoß. Über eine geschwungene Eichentreppe gelangte er in den ersten Stock. Die Tür zum Arbeitszimmer stand offen. Der Professor saß an seinem breiten Mahagonischreibtisch und blätterte in einem Manuskript, dessen lose Blätter auf dem Schreibtisch verteilt lagen.

„Wie werden Sie mich töten, Zacharias?", fragte Professor Spengler, ohne sich zu seinem Gast umzudrehen.

„Warum sollte ich Sie töten, Professor?"

„Warum bist Du dann gekommen, Zacharias?"

„Um mich von Ihnen zu verabschieden."

„Ist Abschied nicht auch so etwas wie ein kleiner Tod, Zacharias?"

„Ich denke, da gibt es schon noch einen kleinen Unterschied. Einen Abschied kann man unter Umständen wieder rückgängig machen. Den Tod eher nicht?"

„Zacharias, ich mag, wie Du die Dinge siehst. Ich war immer stolz auf Dich. Du warst einer meiner besten Schüler."

„War, Professor?"

„Ja, warst. Es ist Deine Entscheidung. Ich muss sie respektieren. Auch wenn es mir nicht leicht fällt. Vielleicht war es ein Fehler von mir, Dir einen Auftrag in Deiner Heimat zu geben. Vielleicht habe ich Deine

Heimat unterschätzt. Die Bindung zu ihr ist vielleicht stärker, als Deine Bindung zu mir und der Sache."

„Vielleicht. Vielleicht auch nicht. Vielleicht wollte ich aufhören und habe es nur nicht gewusst."

„Zacharias, sieh her! Hier liegt mein Lebenswerk, das nie veröffentlicht werden wird. Ich habe alles aufgeschrieben zu den ‚Aufrechten Philosophen'. Wen ich für würdig befunden habe, als Mitglied auserwählt zu werden. Wer es nicht geschafft hat. Alle Aufträge, die ich Euch erteilt habe. Jedem von Euch ist ein Kapitel gewidmet. Dir habe ich auch ein Kapitel gewidmet. Es heißt ‚Der Unvollendete'. Ich finde der Titel passt zu Dir. Was hätte alles aus Dir werden können? Du hattest das Zeug zu einer steilen Karriere bei der Polizei. Hingeschmissen hast Du sie förmlich. Den Anderen zum Fraß vorgeworfen hast Du sie. Ich hatte alles so gut geplant für Dich und dann gibst Du einfach auf. Wegen einer Kleinigkeit gibst Du auf!"

„Eine Kleinigkeit! Bei dem Einsatz sind zwei meiner Beamten ums Leben gekommen. Eine Kleinigkeit nennen Sie das?"

„Nein, Zacharias, aber im Vergleich zu der großen Aufgabe waren das kleine Opfer, die in Kauf genommen werden müssen. Du könntest jetzt schon Polizeidirektor im Innenministerium sein. In ein paar Jahren Polizeipräsident. Kleine Opfer, Zacharias!"

„Professor, wir haben das damals ausdiskutiert. Ich dachte, das Thema wäre vom Tisch."

„Zacharias, das war es auch. Aber jetzt im Rückblick muss ich es nochmals ansprechen. Denn es war eine Zäsur in Deinem Leben."

Professor Spengler griff nach ein paar losen Seiten und blätterte darin.

„Hier! Zum Beispiel Doktor Kaiser! Hätte nächstes Jahr im Exekutivorgan des Nationalen Olympischen Komitees einen Platz bekommen können und langfristig sicherlich auch auf der internationalen Bühne einen einflussreichen Sportfunktionär abgegeben. Vielleicht schon nach den Olympischen Spielen in London? Wer weiß, wie viele Medaillen die deutschen Sportler dort erringen? Vielleicht ist nach London ein Stühlerücken erforderlich? Dann wäre Doktor Kaiser bereit gestanden. Die Jugend der Welt! Das ist eine große Aufgabe, der sich Doktor Kaiser stellen sollte."

„Sollte? Was ist mit ihm?"

„Doping wird überbewertet, habe ich ihm immer gesagt. Aber Nein! Doktor Kaiser wollte da nicht mitmachen. Lieber wenige, saubere Medaillen als viele schmutzige, hatte er gesagt. Ich hatte so viel in ihn investiert. Alles umsonst. Er ist vor zwei Monaten bei einem Unfall ums Leben gekommen."

„Unfall? Steht U für Unfall? T für Tango? V für Viktor? Ist das Ihr Killeralphabet?"

„Lieber Zacharias, das spielt jetzt keine Rolle. Doktor Kaiser ist Geschichte."

„Ihm haben Sie auch ein Kapitel gewidmet?"

„Ja, wie jedem meiner viel versprechenden Studenten. Auch Du hast Dir Dein Kapitel verdient."

„Sie können dieses Kapitel aus Ihrem Werk jetzt ja streichen, wenn Sie wollen."

„Lieber Zacharias, denk doch nicht so kleinräumig. Wo ist denn der Zacharias geblieben, den ich damals an der Uni kennen gelernt habe? Der junge Heißsporn, der keine Grenzen kannte. Und die, die er kannte, nicht akzeptieren wollte oder zumindest in Frage stellte. Hat er sich dabei etwas zu weit hinaus gewagt und kriecht jetzt wieder zurück? Hast Du in Deinem Leben Antworten gefunden auf Fragen, die Du nie gestellt hast oder stellen wolltest? Hast Du Fragen gestellt, deren Antwort Dir nicht gefällt? Zacharias, Zacharias! Was ist bloß aus meinem Musterschüler geworden?"

„Vielleicht musste ja alles so kommen. Dass Sie mir einen Auftrag in meiner alten Heimat geben. Oder war das Zufall? Schicksal?“

„Zacharias, es liegt nichts Zufälliges im Schicksal und nichts Schicksalhaftes im Zufall. Die Dinge sind wie sie sind, weil sie so sind, wie sie sind. Die Philosophen können daran nichts ändern! Es maximal zu erklären versuchen.“

Plötzlich schlug die Standuhr die Melodie zur vollen Stunde an. Drei behäbige Schläge der tiefen Glocke folgten. 15.00 Uhr. Seit einer halben Stunde diskutierten nun Professor Spengler und Zacharias Steidler schon.

„Ich werde nicht mehr für Sie arbeiten, Professor! Ich werde ein neues Leben anfangen“, kam Zacharias Steidler langsam auf den Punkt.

„Zacharias, Du hast nur ein Leben. Ich habe nur ein Leben. Wenn es mir nicht mehr gefällt, kann ich es beenden. Ich kann aber kein neues Leben anfangen. Du auch nicht, Zacharias. Das ist der Trugschluss! Du kannst Deinem Leben eine neue Wendung geben. Aber wie ich vorhin schon gesagt habe, möchtest Du vielleicht einfach in Dein früheres Leben zurück. Zurück in den Bayerischen Wald. Zurück aus der großen weiten Welt ins Dorf. Soll das alles umsonst gewesen sein? Nein, Zacharias, ich habe noch Großes mit Dir vor. Du kannst in der Organisation meine Nachfolge antreten. Du bist der Einzige, der von diesem Geschäft wirklich etwas versteht. Du bist jetzt quasi im Außendienst eingesetzt und hast Dir die Feinheiten der Exekutive buchstäblich an den Hacken abgelaufen. Und – Du warst äußerst erfolgreich! Ich habe keinen Studenten, der Dir in dieser Hinsicht das Wasser reichen könnte. Nein, Zacharias! Du bleibst! Denk an die große Sache! Die Einnahmen, die wir mit diesem Geschäftszweig erzielen, werden für unsere Projekte dringend benötigt. Wir können noch soviel Gutes tun, Zacharias!“

„Töten, um Gutes zu tun?"

„Zacharias, warum plötzlich diese Zweifel? Der Tod steht immer am Ende. Daran ändern wir doch nichts. Der Tod wird aber plötzlich nützlich. Daran können wir etwas ändern. Die meisten unserer Auftraggeber möchten von uns, dass wir ein Übel für sie beseitigen. Gibt es denn etwas Ehrenvolleres, als das Übel in der Welt zu verringern? Zacharias, denk darüber nach!"

„Vielleicht, Professor."

„Du musst jetzt gehen, Zacharias", fuhr der Professor nach einem weiteren Atemzug fort.

„Dann ist das wohl so. Oder um mit Kant zu sprechen, das ist der kategorische Imperativ", erwiderte Zacharias Steidler und ging in Richtung Tür.

„Zacharias, weißt Du noch, warum Du hergekommen bist?"

„Ja, Professor! Sie haben Recht. Opfer müssen gebracht werden", beantwortete Zacharias Steidler die letzte Frage seines Lehrmeisters und feuerte fünf Schuss aus seiner Schall gedämpften Pistole auf Professor Spenglers Brust ab.

Ungesehen verließ er die Villa. Mit seinem VW Bully fuhr er zur Wohnung von Ramona Klingler.

„Willst Du mich heiraten, Ramona?", war der erste Satz, den er sprach, nachdem Ramona Klingler ihm die Wohnungstür geöffnet hatte.

Zacharias Steidler bekam keine Antwort mehr auf diese wichtige Frage. Die Frage war für den Rest seines Lebens auch nicht mehr wirklich wichtig. Dieser kümmerliche Rest dauerte nur noch wenige Atemzüge. Sobald die Tür seinen Körper freigab, drückte Uniform zweimal ab. Der erste Treffer zertrümmerte die Nase von Zacharias Steidler, der zweite öffnete seine Halsschlagader. Ein einziger Schuss in ihren Hinterkopf beendete das Leben von Ramona Klingler. Weitere Spuren hinterließ Uniform nicht.

30 Neuschönau (Sommer 2012)

Peter Steinberger brauchte nur zwei Patronen, um Dascha und Juri zur Strecke zu bringen. Zufrieden beobachtete Dr. Julia Steinberger wie die beiden jungen Luchse regungslos im Gras des Freigeheges liegen blieben. Der Berufsjäger hatte von seinem Ansitz aus keine große Mühe gehabt, die Pfeile mit dem Betäubungsmittel in ihr Ziel zu bringen.

Vor gut einem Jahr hatte die Forstbehörde Zwiesel bei Julia, die damals noch Wacker geheißen hatte, angerufen. Auf einer abgelegenen Kreisstrasse hatte ein Jäger den Körper eines toten Luchsweibchens gefunden, das offenbar von einem Auto erfasst worden war. Glassplitter eines Scheinwerfers deuteten darauf hin. Es bestand aber seitens der Polizei kein großes Interesse, den Fahrer oder die Fahrerin des Unfallwagens zu ermitteln.

Viel wichtiger für Julia Wacker war jedoch das Unfallopfer. Aufgrund der Nummer des Peilsenders, den das getötete Luchsweibchen um den Hals trug, konnte schnell geklärt werden, dass es sich um Hanka handelte. Hanka war drei Jahre zuvor ausgewildert worden und Teil eines Wiederansiedlungsprojekts, dessen Leitung Julia Wacker oblag. Das Revier von Hanka umfasste ein mehrere Hektar großes Areal am Großen Falkenstein im Erweiterungsgebiet des Nationalparks Bayerischer Wald, in dem der Luchs ebenfalls wieder heimisch werden sollte. Aus Beobachtungen mit fest installierten Kameras wusste Julia Wacker, dass Hanka zwei Junge zu versorgen hatte, die ohne ihre Mutter ihr erstes Lebensjahr nicht vollenden würden. In einer groß angelegten Suchaktion gelang es Julia Wacker, die beiden Jungluchse zu finden und im Freigehege in Neuschönau aufzupäppeln. Jetzt, einen Sommer später, waren Dascha und Juri, so wurden das Luchsmädchen und der Luchsjunge genannt, so groß und kräftig, dass sie wieder in die Wildnis des bayerisch-böhmischen Grenzwaldes entlassen werden konnten.

Die tote Hanka war im letzten Jahr aber nicht der einzige Aufreger für Julia Wacker gewesen. Kurze Zeit nach dem Tod der Luchsdame war Zacharias Steidler wie aus dem Nichts bei Julia Wacker aufgetaucht. Der Zacharias Steidler! Und sie hatte es wieder versaut. Erst die Nachricht von seinem gewaltsamen Ende in Frankfurt machte in ihrem Herzen einen Platz frei, den sie lange Zeit unbewusst für ihre unerfüllte Jugendliebe reserviert hatte. Spontan hatte sie daraufhin auch die Scheidungspapiere unterschrieben, die sie von ihrem Noch-Ehemann Paul bereits vor Wochen zugeschickt bekommen hatte.

Wenig später standen dann plötzlich Putte, Lillemor und Gunel vor der Einfahrt zum Tierfreigehege. Mit Lillemor und Gunel bekam der Nationalpark zwar nur zwei der geplanten drei Elchdamen geliefert, aber damit würde Elchbulle Putte vorerst auskommen müssen Der Anfang für eine kleine Elchzucht war gemacht. Und mit den Elchen geliefert wurde auch Peter Steinberger. Der erfahrene Berufsjäger war von der Verwaltung des Nationalparks angeheuert worden, da er sich als Elchexperte in Schweden einen Namen gemacht hatte und nun in seiner alten Heimat wieder eine neue Herausforderung gesucht hatte. Und Julia Wacker war eine echte Herausforderung für ihn gewesen. Erst nach mehrmonatigem Werben hatte sie seinen Avancen nachgegeben. Seit Pfingsten waren sie ein glückliches Ehepaar. Die Liebe zum Nationalpark und seinen tierischen Bewohnern hatte sie zusammengebracht.

Peter und Julia Steinberger beobachteten aufmerksam, wie das Gegenmittel, das die Biologin den Jungluchsen gespritzt hatte, anfing zu wirken. Noch etwas benommen von seinem Ausflug ins Reich der Träume hob zuerst Juri den Kopf und blickte in ihre Richtung.

31 Deggendorf (18. Februar 2013)

Hauptkommissar Günther Hartmann von der Kriminalpolizei Deggendorf legte den Hörer seines Telefons auf und schloss den Aktendeckel. Soeben hatte ihm die zuständige Staatsanwaltschaft mitgeteilt, dass die Sonderkommission Lusen aufgelöst und die Ermittlungen ohne Ergebnis eingestellt würden.

Seit September 2011 hatte Günther Hartmann mit sieben weiteren Kollegen Spuren ausgewertet, Zeugen befragt, Dienstreisen unternommen. Ohne einem Täter auf die Spur zu kommen. Von Anfang an hatte es sich um einen mysteriösen Fall gehandelt, der mit jeder weiteren Spur, die sie verfolgten, immer noch mysteriöser geworden war.

Sie waren an jenem Herbsttag vor über einem Jahr auf den Gipfel des Lusen gerufen worden. Die beiden Leichen, die dort gefunden worden waren, hatten anscheinend nur zufällig etwas miteinander zu tun. Eine Durchsuchung der Büroräume des erschossenen Geschäftsmanns Eduardo Ebollito aus Deggendorf hatte ergeben, dass dieser nach außen hin seriös auftretende Immobilienmakler massiv in illegale Geschäfte verwickelt gewesen war. Geldwäsche und Drogenhandel waren die gravierendsten Straftatbestände, die nachvollzogen werden konnten. Eine heiße Spur führte hinüber nach Tschechien. Möglicherweise war Eduardo Ebollito von Konkurrenten innerhalb der organisierten Kriminalität des deutsch-tschechischen Grenzgebietes aus dem Weg geräumt worden. Der Tatort in Sichtweite der Grenze zum östlichen Nachbarland schien diese These zusätzlich zu untermauern.

Durch Zufall wurde im Notizblock des ermordeten Nationalpark-Rangers Georg Rank ein Hinweis auf eine Verbindung in den Raum Frankfurt gefunden. Er hatte sich offenbar kurz vor seinem Tod ein Kfz-

Kennzeichen aus der Main-Metropole notiert. Der Halter des Wagens war ein gewisser Prof. Dr. Ragnar Spengler aus Frankfurt. Er konnte jedoch in der Sache keine Aussage mehr machen, da er selbst am 28. September 2011, also zwei Tage nach dem Lusenmord, Opfer eines bisher nicht aufgeklärten Gewaltverbrechens geworden war. Die Frankfurter Kollegen sprachen von einer Art Hinrichtung. Warum der angesehene Philosophie-Dozent umgebracht worden war, konnte nicht ermittelt werden. Die Durchsuchung seiner Villa brachte keine neuen Erkenntnisse, eine Verbindung nach Deggendorf zu Eduardo Ebollito war nicht herzustellen.

Zur selben Zeit wurde in einer Frankfurter Wohnung die Leiche von Dr. Zacharias Steidler und seiner Lebensgefährtin Ramona Klingler aufgefunden. Beide mit gezielten Schüssen getötet. Das Tatmuster trug nach Einschätzung der Frankfurter Ermittler wie im Fall Spengler die Handschrift eines eiskalten Profikillers. Steidler, ein ehemaliger, bayerischer Polizeioffizier, hatte während seines Studiums Vorlesungen von Professor Spengler gehört. Ob es sich bei dieser Verbindung um einen Zufall handelte oder ob ein Zusammenhang zwischen den beiden Mordfällen bestand, blieb im Dunkel.

Günther Hartmann war zufrieden. So kurz vor seiner Pensionierung konnte er endlich beruflich etwas kürzer treten. Die Ermittlungen in der Sonderkommission Lusen hatten ihn doch sehr angestrengt. Endlich hatte er auch wieder mehr Zeit, sich um seine Enkelin Genoveva zu kümmern. Er hatte ihr schon lange einen Besuch bei den drei Elchen, der neuen Attraktion im Freigehege in Neuschönau versprochen. Endlich konnte er Vevi, wie er sie liebevoll nannte, diesen Herzenswunsch erfüllen.

--- ENDE ---

Lust auf mehr von Henry Gerhard?
Dann lesen Sie die so genannte „Wenger-Trilogie"!

Teil 1: der Politthriller „Schüsse an der Heimatfront"

„Vorbei am Grundgesetz hat der deutsche Außenminister Gerald Wenger die Gesellschaft für technische Unterstützung zu einer schlagkräftigen Spezialeinheit für Sonderaufträge des Auswärtigen Amtes gemacht. Als sich nach der Bundestagswahl 2005 die politischen Machtverhältnisse in der Bundesrepublik Deutschland dramatisch ändern, wird ‚Charly', der interne Killer der Gesellschaft, losgeschickt, um gefährliche Mitwisser zu beseitigen. Harry Bornstedt und sein Freund und Kollege Pete Harder müssen höllisch auf der Hut sein, um dieser Säuberungswelle nicht zum Opfer zu fallen. Spätestens seit dem ‚Unfall' ihres Chefs, Oberregierungsrat Michael Thanner, wissen beide, dass es ‚Charly' ernst meint. Das muss auch Bernd Salzmann erkennen, als sein Körper auf den Triebkopf eines heranrasenden ICE auftrifft."

© 2008 Henry Gerhard; Herstellung und Verlag: Books on Demand GmbH, Norderstedt; ISBN 978-3-8370-4413-3;

Teil 2: der Kriminalroman „Zusatzzahl dreizehn"

„Die Familie Hausmann liegt tot in ihrem neuen Haus in der Bergstrasse. Warum mussten die fünf Menschen sterben? Welche Rolle spielt der ehemalige Bundesaußenminister Gerald Wenger? Offiziell übt er eine Beratertätigkeit für die staatliche Lottogesellschaft Bayern-Lotto aus. Warum trifft er sich aber regelmäßig mit Sven Wille, dem Computer-Spezialisten der Bayern-Lotto, heimlich an einem hermetisch abgesicherten Ort? Fragen über Fragen. Kriminaloberkommissar Rudolf Reuter und die Erdinger Mordkommission tappen noch

völlig im Dunkel. Joe Brunner will nur seine Exfrau zurückgewinnen. Ohne es zu ahnen, ist er plötzlich den Mördern der Hausmanns auf der Spur. Der Ernst der Lage wird ihm erst bewusst, als der Kuhfänger eines schwarzen VW Touareg sich seitlich in seinen BMW bohrt.
Nach ,Schüsse an der Heimatfront' der aktuelle Krimi von Henry Gerhard. Und der zwielichtige Gerald Wenger ist natürlich wieder mit dabei."

© 2009 Henry Gerhard; Herstellung und Verlag: Books on Demand GmbH, Norderstedt; ISBN 978-3-8370-2045-8;

Teil 3: der Kriminalroman „**Tabula rasa**"
„Die Frau lag regungslos im unbeleuchteten Hinterhof des Hauses Rheinstrasse 14. Nur ihr leichenblasser Kopf ragte aus der blauen Plastikplane heraus, mit der sie zu einem Paket verschnürt worden war. Harry Bornstedt wusste sofort, dass hier für ihn nichts mehr zu machen war. Diese Runde hatte er gerade verloren. Aber Harry war wieder im Spiel. Er kannte immer noch nicht die Regeln und das Ziel des Spiels. Aber er kannte Gerald Wenger! Eins war damit sicher. Der Spieleinsatz war hoch. Sehr hoch! Und die Frau in der Plastikplane hatte ihren Einsatz gerade für immer eingebüßt.
Nach ,Schüsse an der Heimatfront' und ,Zusatzzahl dreizehn' der letzte Teil der ,Wenger-Trilogie' von Henry Gerhard."

© 2010 Henry Gerhard; Herstellung und Verlag: Books on Demand GmbH, Norderstedt; ISBN 978-3-8370-2470-8;

Oder doch lieber etwas Lokalkolorit von der schwäbischen Ostalb?

<u>Der Ellwangen-Krimi</u> **„Keine Tapas an der Jagst"**

„Spanien ist Weltmeister! Am Morgen nach dem Finale der Fußballweltmeisterschaft konnte sich Carlos Martinez aber schon nicht mehr darüber freuen. Seine Leiche lag da schon am Ufer der Jagst. Was hat ein Schutzgelderpresser aus Stuttgart in dem beschaulichen Ellwangen zu suchen? Holländische Fußballfans und ein Biker des Motorradclubs Rindelbach stehen schnell ganz oben auf der Verdächtigenliste der Ellwanger Polizei.
Frank Reiser hat gerade ganz andere Probleme. Die Scheidung von seiner Noch-Ehefrau und der Verkauf seines Elternhauses laufen ganz gut, da kommt ihm seine Jugendliebe Ellen Steiger in die Quere. Der Journalist und die erfolgreiche Anwältin stecken plötzlich mitten in der ‚Mordsache Spanier'."

© 2011 Henry Gerhard; Herstellung und Verlag: Books on Demand GmbH, Norderstedt; ISBN: 978-3-8423-6318-2